교수가 된 독일 광부 권이종의 인연

百歲百人

이 도서의 국립중앙도서관 출판예정도서목록(CIP)은 서지정보유통지원시스템 홈페이지(http://seoji.nl.go.kr)와 국가자료공동목록시스템(http://www.nl.go.kr/kolisnet)에서 이용하실 수 있습니다.(CIP제어번호:CIP2017015430)

교수가 된 독일 광부 권이종의 **인연 百歲百人**

초판 1쇄 인쇄 / 2017년 7월 19일
초판 1쇄 발행 / 2017년 7월 25일

지은이 / 권이종
펴낸이 / 한혜경
펴낸곳 / 도서출판 異彩(이채)
주소 / 06072 서울특별시 강남구 영동대로 721, 1110호(청담동, 리버뷰 오피스텔)
출판등록 / 1997년 5월 12일 제16-1465호
전화 / 02)511-1891
팩스 / 02)511-1244
e-mail / yiche7@hanmail.net

ISBN 979-11-85788-12-8 03810

※값은 뒤표지에 있으며, 잘못된 책은 바꿔드립니다.

교수가 된 독일 광부 권이종의 인연
百歲百人

권이종 지음

이채

|서문| 百歲를 향한 나의 인연 百人

2015년 가을 남원 켄싱턴 콘도에서 내가 회장으로 있는 아프리카아시아난민교육후원회(ADRF) 직원연수가 있었다. 새벽에 우리 단체 이두수 국장과 산책하며 대화를 나누던 중에 나는 나의 삶을 총정리하는 책을 쓰고 싶다고 했다. 책 제목은 『교수가 된 독일 광부 권이종의 인연 百歲百人』이라 마음으로 정하고 서울에 올라왔다.

나는 평생 나의 생활 리듬을 바꾸어본 적이 없다. 1년 365일 새벽 4~5시 사이에 일어난다. 초등학교 다니며 농사일을 할 때, 중고등 시절 신문 배달 때, 군복무 기간, 서울에서의 막노동자로 일할 때, 독일 광부로 일할 때, 대학교수로 일할 때, 정년 후 지금까지도 변함없는 생활 리듬을 지키고 있다. 오늘도 변함없이 6시 쌀쌀한 어둠을 헤치고 새벽길 집을 나와 전철에 90분간 몸을 싣고 효창동 회장 방에 7시 30분 도착했다.

임상심리학자 마틴 셀리그만(Martin Seligmann)은 삶에서 위대한 행복의 세 영역을 사랑, 일, 놀이라고 했다. 다른 학자들은 여기에 연대 또는 인간관계를 포함시킨다. 나는 위의 모든 삶은 만남이라는 연결 고리로 이어져 있다고 말하고 싶다. 소중한 인연이 필연으로 연결되는 끈, 그 인연을 통해서 아름답고 풍요로운 삶을 살아 왔다. 이러한 의미에서 지난 70여 년간 내가 걸어온 인생길 중 중요한 분야에서 운명적으로 만나 나의 삶, 일, 진로, 행복에 긍정적인 도움을 준 인물들을 글로 남기고 싶다는 구상이 버킷리스트였다. 내 나이 78세가 되니 이제는 더 미룰 수 없다고 판단되어 시작했다.

만남을 통해 내게 도움을 준 분들이 너무 많다. 어떤 기준으로 대상을 선택할 것인지 고민했다. 고민 끝에 결정한 기준은 나의 공부와 진로에 남다른 도움을 준 사람, 경제적으로 도움 준 사람, 직장과 관련하여 행복을 준 사람, 우리 가족에게 아낌없이 사랑을 베푼 사람, 언제 만나거나 전화해도 나를 반갑고 편안하게 대해준 사람으로 한정했다. 특히 나의 삶에 감동을 준 인물들이 다수 포함되어 있다. 각종 위원과 단체 활동도 함께 넣었다. 집필 순서는 나의 인생 주기별로 만남 순서대로 했고 쓴 후 영역별로 편집했다. 이 책은 학술 서적도 아니고 멋진 에세이도 아니다. 나는 문학이나 작가 공부도 하지 않았다. 내가 살아오면서 만난 사람들을 중심으로 컴퓨터 자판기에 손가락이 치고 싶은 대로 부담 없이 옮긴 글이다. 나만의 독특한 삶이기에 너무 행복하게 썼다.

이 책이 나오기까지 도움을 준 분들에게 감사드리고 싶다. 먼저 아내이다. 다음은 2000년 초에 만나서 가족처럼 책을 집필하는 데 진솔한 대화를 나누며 『막장 광부 교수가 되다』라는 책을 냈고, 또한 이 책을 기획하는 데 격의 없는 대화를 나눠서 결실을 보게 해준 도서출판 이채 한혜경 사장, 정말 감사하다. 초고를 교정해준 제자 유정숙 교사, 사진작가 한남수 후원자에게 감사드린다. 우리 단체 직원 모두가 이 책의 집필에 도움을 주었다. 모두 감사합니다. 특히 좋은 책이 되기 위해 조언을 아끼지 않은, 우리 단체를 가장 많이 아끼고 물심양면으로 후원해주는 후원천사들에게도 고마운 마음 금할 수 없다.

이 글을 쓰게 된 동기는 나의 가족과 다음 세대들에게 나의 살아온 길을 참고하여 앞으로 살아가는 데 참고 자료가 되게 하기 위해서이다. 그리고 나의 삶에 결정적으로 도움을 준 사람들에게 아무런 보답을 못 해 항상 마음의 짐이 되었는데, 이 글을 통해 작은 보답이라도 할 수 있기를 희망한다.

끝으로 내가 있기까지 평생 동반자가 된 아내와 자녀들에게 남편과 아버지로서 항상 고마운 마음은 한이 없다.

2017년 1월

용산구 아프리카아시아난민교육후원회 회장실에서
권 이 종

차례

2장 나를 나 되게 해준 인연

3장 열정을 다한 후회 없는 인연

4장 빛나는 인생, 봉사로 맺은 인연

1장

나를 있게 한 사람들

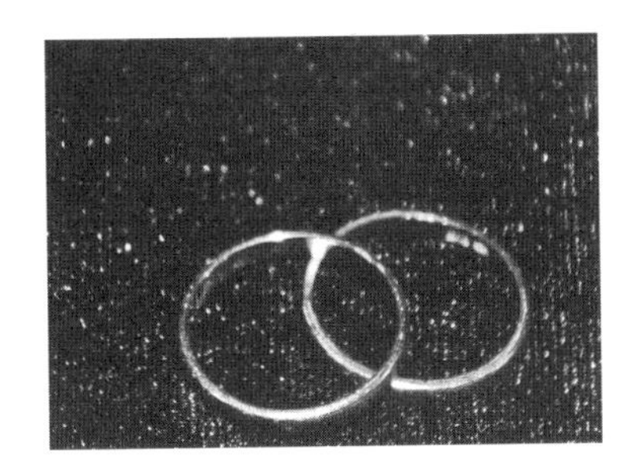

百年의 약속 결혼반지

대부분의 세계인이 결혼 약속, 사랑 약속, 영원한 사랑의 상징으로 반지를 교환한다. 독일은 결혼반지를 각자 한 개만 끼고 살다가 배우자가 사망하면 배우자 것까지 두 개를 끼고 산다. 그리고 죽기 전에는 두 개를 합해 목걸이로 제작하여 목에 걸고 생을 마감한다. 우리 부부는 지금도 각자 끼고 산다. (사진은 저자 부부의 반지)

내가 만난 사람들

내 나이 78세, 참으로 긴 세월이다. 과거 사람들의 수명을 생각하면 '밤새 안녕'이라고 할 수 있을 법도 한 나이다. 그러나 '카르페 디엠('오늘의 삶을 즐겨라' 는 뜻의 라틴어)'을 마음속으로 혼자 중얼거리며 하루하루 즐겁게 생활하고 있다. 출근할 때마나 "나는 행복합니다" 하고 외치기도 한다. 아무리 힘들어도 독일 광산에서 일할 때보다 고되겠냐며 기운을 낸다. 지금 내가 서 있는 곳은 지상(地上)이고 숨 쉴 수 있는 맑은 공기가 있다. 그것만으로도 행복하다. 피곤하고 힘들 때면 내가 평생 불러온 노래인 '선구자'와 '희망의 나라로'를 부른다. 콧노래로 흥얼거리기도 하고 사람이 없으면 제법 큰 소리로 불러본다. 봉사단체인 '아프리카아시아난민교육후원회(ADRF)'에 출근하는 새벽길이 상쾌해진다. 한국인 남자의 평균 수명이 78세라고 하니 이제부터 내 삶은 덤인 셈이다. 한 줌의 흙으로 돌아갈 시기가 점점 다가오는 것 같다. 나는 죽음에 대해서도 그리 심각하게 생각하지 않으며, 물이 흘러가듯 자연스럽게 살아간다. 지금까지 살아온 길에 대하여 매우 만족하고 있다.

어느 날 전주 한옥마을을 지나가는 길에 평생 처음으로 철학관 도사와 대화한 일이 있었다. 생년월일과 태어난 시각을 말했더니, 세상에 이렇게 좋은 운을 가지고 살아온 사람은 드물다는 답변이 돌아왔다. 한 마디로 모든 분야에서 원 없이 살아온 운세를 가지고 태어났다는 것이다. 철학관 도사의 이야기를 믿거나 말거나 나는 나 자신이 그리 살아왔고 지금도 그리 살고 있다.

나보다 행복한 사람이 이 세상에 누가 있을까 하는 질문도 자주 던진다. 그러다 교만한 생각이라고 나 자신을 야단치기도 한다. 그래도 나는 이 지구상에서 나만의 독특하고 자랑스러운 삶을 살아왔으며, 다른 누구와 비교하고 싶은 생각도 없다. 이 책을 쓰는 이유 중의 하나도 나만의 삶을 세상에 알리고 싶은 생각도 솔직히 있다.

∾

가난이 오히려 내게 꿈과 희망을 주었다고 생각하며 살았다. 가난했고 어려웠지만 이 자리에 오기까지 자부심과 긍지를 잃지 않았다. 지난날을 여러 각도로 조명해봤지만, 그 가운데 가장 중요하다고 판단되는 것이 수많은 사람들과의 만남이었다. 삶의 위기가 닥칠 때마다 기적처럼 나를 도와준 천사들이 있었다. 그래서 어떤 어려움이 생겨도 걱정하지 않았다. 또 어떤 천사가 나를 도와줄지도 모른다는 기대 속에서 매일 흥분과 설렘으로 노력했다. 어떤 인물을 새롭게 만나게 될까? 기다리면 반드시 나타났다. 골든타임마다 새로운 만남과 인연의 연결고리는 지금까지 이어지고 있다.

물론 나도 어떤 분을 만나든지 내가 도와줄 수 있는 것이 무엇인지 질문한다. 그리고 최선을 다한다. 이러한 서로간의 끈끈한 인연이 지금도 나의 삶을 행복하게 해주고 있다. 세상에 공짜는 없다는 말을 의미 있게 생각하며 실천한다. 주면 받는 것보다 더 행복하다는 이기적인 심리도 작용했을지도 모르겠다. 어쨌든 돌이켜보면 내가 도와준 것보다는 도움을 받은 것이 몇 배 더 많다. 덕분에 나는 평생 건강을 유지할 수 있었고, 내 학문을 전공하고 잠재력과 능력을 원 없이 발휘하며 살 수 있었다. 지금도 매일 피가 용솟음치는 흥분의 도가니 속에서 살 수 있는 것은 그동안의 만남과 인연 덕분이다.

첫 만남, 나의 어머니

어느 누구도 어머니 없이 세상에 태어난 사람은 없다. 영국 BBC가 세상에서 가장 아름다운 단어를 조사했는데, '어머니'가 1순위였다. '어머니'라는 세 글자를 읽을 때마다, 누구나 가슴이 찡하고 뭉클해지며 어머니에게 감사하는 마음 또한 끝이 없을 것이다. 세상에서 가장 가깝고 온화하고 포근한 감정을 가지게 되는 본능적이 대상은 어머니이다.

모든 어머니들이 그러했듯이 나의 어머니도 유난히 자식을 위해 희생을 아끼지 않으셨다. 내가 가난을 극복하고 반듯하게 자라서 성공할 수 있도록 키워주셨다. '어머님 은혜' 노래처럼 그 은혜는 하늘보다 높고 바다보다 깊다. 낳으시고 기르시는 것은 어머니의 큰 은혜이다. 언제나 싫지 않은 어머니이다. 내가 살아 있는 한 첫 만남은 영원할 것이다.

어머니는 외눈을 가지셨다. 나 때문에 외눈이 되셨지만 나를 원망하지 않으셨다. 어느 한겨울 나는 뜨끈한 뭇국이 먹고 싶었다. 구덩이에서 무를 꺼내기 위해 어머니는 꽁꽁 언 땅을 파셨는데, 휘어 있던 대나무 꼬챙이가 그만 어머니의 눈알에 튕기고 말았다. 그 사고로 어머니가 실명하리라곤 아무도 생각하지 못했다. 그날 이후 대꼬챙이는 내 가슴에도 날카로운 상처를 남겼다. 평생 한 눈만으로 사셨지만, 그 눈 안에는 자식에 대한 더 큰 사랑을 품으셨다. 나는 어머니의 외눈에서 더 넓은 바다와 깊은 호수를 바라보았다. 돌아가신 지 20년이 지났지만 아직도 추운 날 앉아서 구덩이를 파고 계신 모습이 또렷하다. 어머니 세 글자만 읽고 들어도 어머니가 그립고 눈물이 난다. 가난과의 싸움, 막둥이아들에 대한 깊은 사랑, 자신은 못 배웠어도 자식만은 꼭 가르쳐야 한다는 교육열과 열정이 그러하다.

나는 어려서부터 교사가 되고 싶었다. 가난해서 도저히 중학교에 들어갈 형편이 아닌데도 부모님 몰래 시험을 쳐서 전주 동중학교에 합격했다. 하지만 등록금이 없어 막막했다. "농사나 짓지, 무슨 우라질 공부며 중학교냐"며 처음에는 역정을 내셨다. 물론 어머니는 학교 문턱도 가보지 못하셨고 글도 읽으실 수 없었다. 그런데 나중에 알고 보니 어머니는 나를 중학교에 보내려고 나름대로 준비를 해 오셨던 것이다. 몇 해 전부터 무명베와 삼베를 짜서 보관하셨던 것을 우선 내다 팔았지만 등록금에는 턱없이 부족했다.

추운 봄 따뜻한 내의도 없던 시절, 무명 속치마와 겉치마만 걸치고 동네 부잣집 대문 밖에서 하루 종일 서 계셨던 어머니. 빚을 갚을 수 없는 사람에게 어찌 꿔줄 수 있느냐며 문전박대를 당했지만 어머니는 막무가내로 떼를 썼다. 추위 속에서 아침부터 해질 무렵까지 버티고 서 있는 어머니를 당해낼 재간이 없었던지, 주인은 쌀 한 가마를 내주고야 말았다. 이것으로 겨우 등록금을 마련할 수 있었다.

"어머니, 어머니 아들은 이제 쌀 천 가마도 살 수 있어요."

어머니 무덤에 가서 절할 때마다 눈물을 흘리며 이렇게 자랑 아닌 자랑을 한다. 항상 먹을 게 부족했던 시절, 어머니는 아주 작은 키에 허약했고 못 먹어서 많이 아팠다. 굶주린 개미허리를 부여잡고 낮에는 남의 집 농사일을 다니고, 밤에는 베틀에 앉아 베를 짰다. 회충이 많던 시절, 회충 뭉치가 긴 세월 어머니를 괴롭혔다. 못 먹어 위장이 빈 상태에서 남의 집 잔칫일을 도우러 가면 회충이 온몸을 돌아다니며 요동을 쳤다. 지금은 약들이 좋아 그런 가슴 아픈 일은 없을 것이다.

당시 전주 시내에서 외삼촌이 술집을 운영하고 있었는데, 술집 여종업원 가운데 아이를 맡길 데가 없어 고민하는 사람이 있었다. 이 여인은 우리 어머니가 아들 등록금 마련 때문에 딱한 처지인 것을 듣고 우리 집에 아이를 맡겼다. 어머니는 보모 역할을 하며 받은 돈을 등록금에 보탰다.

이것뿐만이 아니다. 항상 먹을 게 부족했던 우리를 위해 어머니는 끼니를 해결할 수 있는 곳이면 어디든 우리를 보내셨다. 우리가 굶주릴 때마다 어머니는, 경제적으로 여유가 있는 외갓집이나 당숙모 집에 가서 먹고 자고 오라고 하셨다. 당숙모가 돌아가시자 어머니는 초등학생인 나를 불러 펑펑 우시며 갑자기 당숙모 집에 양자로 가라고 하셨다. "가서 밥이라도 제대로 먹고 살아라." 나는 양자가 뭔지도 몰랐다. 상복으로 갈아입히고 상주 역할을 하라며 어머니가 또 우셨다. 어머니 품안에 안겨 있던 나도 어머니를 따라 한없이 흐느꼈다.

형님은 1951년 군대 가기 전 같은 면에 사는 처녀와 결혼을 했다. 어머니는 형수와 상의하여 나를 사돈집에 자주 보냈다. 우리가 굶고 있었기 때문이다. 지금 세상에서는 상상도 할 수 없는 일이다. 먹을 것이 없으니 사돈집에 가서 밥 얻어먹고 자고 올 수 있을까?

어머니는 독특하게 삶을 마감하셨다. 돌아가시기 전 당신이 사용하시던 모든 물건은 직접 다 태워 정리하시고, 자식들과 손주들의 사진마저도 어느새 모두 없애버리셨다. 어머니가 쓰시던 요와 이불 한 채씩과, 오직 나의 박사학위 사진 한 장만을 남겨 놓으셨다. 누워서 어머니가 항상 쳐다볼 수 있는 맞은편 벽에 내 사진을 걸어놓고 이별할 준비를 하셨다. 곡기를 끊고 물 한 모금마저 안 드시고 막내아들 사진을 한 쪽 눈으로 쳐다보시다가 그만 40일 만에 세상을 떠나신 것이다. 94세셨다. "살 만큼 살았으니 더 이상 자식들에게 폐를 끼치기 싫다"라며 자연사를 택한 어머니.

어머니!

허구한 날 자식 앞날을 염려하시며 살았던 어머니, 돌아가실 때까지 자식 걱정에서 벗어나지 못하셨던 건 아니었는지요. 이제 짐들 다 내려놓으시고 가벼운 걸음으로 가셨는지요. 평생 자식을 위하여 고생하신 어머니께 작은 보답으로나마 이 책을 바칩니다. 어머니 발인하던 날, 어머니 관을 안고 찍은 사진을 지금도 제 몸에 항상 지니고 다니며 어머니 사랑과 따뜻한 품안을 연민하며 살고 있답니다. 어머니 보고 싶어요. 어머니 생전에 부엌 앞에서 국 끓이시던 사진은 제 방에서 항상 쳐다보고 있답니다.

아버지의 베푸시는 삶

다른 사람들은 아버지에 관한 기억이나 이야깃거리가 많은지 궁금하다. 나는 아버지에 대해 글을 쓰려면 쓸 만한 소재가 그다지 떠오르지 않는다. 시골에서 자랐고, 보수적이고 양반을 강조하셨던 아버지였기 때문일까? 내 인생에 있어 두 번째 만남은 아버지이다.

나는 가난하게 자랐지만 아버지는 부잣집의 막내아들로 태어나 궂은일을 잘하지 못하셨다. 농사일에도 서툴렀고 지게 지는 일도 매우 어려워하셨다. 산에 가서 땔감을 구하는 일은 아버지보다 내가 더 능숙했다. 살림은 어려웠지만, 아버지는 양반의 위엄을 갖추느라 그랬는지 낙천적으로 사셨다. 고생은 어머니의 몫이었다. 형님이 가계를 이끌고 나서부터 어느 정도 생계가 해결되었는데, 그 뒤부터 아버지는 더 즐겁게 사셨다. 어려운 사람들을 항상 집으로 데리고 와서 늘 음식과 술을 나누어주셨다. 우리 형제들은 모두 아버지가 베푸는 삶을 보며 자랐다.

내가 학생 시절 고학을 하면서도 어려운 사람을 위해 봉사했던 것은 분명 아버지의 영향이다. 한글을 가르치며 농촌계몽운동을 했고, 적십자 활동에 헌신했다. 그때 시작한 봉사활동이 현재의 아프리카아시아난민교육후원회(ADRF)에서의 활동까지 이어지고 있다. 나누어주고, 베풀고, 봉사하는 정신은 아버지로부터 받은 선물이고 학습이다. 아버지의 모습이 오늘날 나를 가장 행복하게 살아가게 하는 기회를 주었다. "우리 집에 찾아온 손님은 최대한 정성스럽게 대접하여 다시 오고 싶은 집이 되게 해야 한다." 아버지의 말씀이 생각난다. 인간관계에서도 다시 만나고 싶은 사람이 많을수록 행복하다. 음식점도 다시 가고 싶은 음식점이 성공한다.

아버지, 제가 독일에 공부로 가 있을 때 돌아가셨다지요. 그때 통신이 발달되지 않아서 임종 소식도 모르고 있다가 나중에 알게 되었습니다. 이 불효자식을 용서해 주십시오. 알았더라도 돈이 없어 올 수도 없었답니다. 몸이 많이 약하셨는데 산에 가서 나무 하시고 일하시느라 고생 많이 하시다 돌아가셨습니다. 아버지가 남을 위해 사셨던 것처럼 지금 당신 아들도 당신처럼 남을 위해 봉사하며 여생을 살다가 아버지 곁으로 따라가렵니다.

아내를 만난 이후 바뀐 내 운명

1960년대 초 나는 독일에 광부로 갔다가 귀국하지 못하고 불법체류자 신세로 독일에 남게 되었다. 여러 어려움 끝에 비자 문제가 해결되고 대학생이 됐으나 서른한 살이 될 때까지 경제적으로나 진로에 있어서 삶이 고달팠다. 우연한 기회에 역시 공부하러 아헨 사회사업대학에 와 있던 아내와 만나게 되면서 내 삶은 안정을 찾았고 모든 고난의 매듭이 풀리기 시작했다. 아내와의 만남은 불행이 행복으로 완전히 바뀌는 분기점이었다. 아내와 만난 1971년부터 2017년 오늘날까지 큰 장벽 없이 살아왔다.

어릴 때부터 결혼 전까지 의식주 해결이 항상 어려웠었는데 결혼 후부터는 우선 배고픔이 해결되었다. 내가 독일에서 공부를 계속하고 박사학위를 받아 대학교수가 될 수 있었던 것도 아내와의 만남으로 가능했다. 아내가 아니었으면 아마 공부를 포기하고 귀국했을 것이다. 그래서 아내가 어머니 다음으로 중요한 인물이다.

독일 광산에서 일을 마치고 숙소로 돌아오면 몸이 천근만근 무거웠다. 육체적 고통은 회복할 수 있었지만, 부모형제가 보고 싶고 고향이 그리운 마음은 어찌할 도리가 없었다. 공부를 마칠 때까지 10여 년 동안 하루도 외로움과 향수병에서 벗어나지를 못했다. 그래서 북한에서 내려온 실향민들을 이해할 수 있다. 이 감정은 말과 글로 표현하기가 어렵다. 그런 생활을 안 해본 사람은 이해가 안 될 것이다. 그래서 파독 광부들은 외로움을 달래기 위해서 다양한 방법을 선택했다. 가장 쉬운 방법이 한국 여성들이 일하는 병원을 방문하여 한국 간호사를 사귀거나 독일 여성과 연애하는 것이었다. 몇몇은 야간에 유흥클럽에서 여가 시간을 보내기도 했다. 극소수이지만 도박하는 친구들도 있었다. 독일 경찰에 신고되어 유치장 신세를 진 동료도 있었다. 적은 수이지만 운동을 하기도 했는데, 나는 주로 수영을 많이 했다. 그리고 광산 일이 끝나면 돈을 더 벌기 위해 여러 종류의 아르바이트를 했다. 시간이 날 때마다 독일 선생과 헬가(Helga)라는 독일 여중학생에게서 독일어 수업을 받았다. 외로움을 잊으려고 바쁘게 시간을 보낸 것이다.

나는 한국에서 기독교 고등학교를 졸업한 덕분에 교회를 열심히 다녔다. 그리하여 남다른 도덕관을 가지고 있어서 혼전에 여성을 사귀거나 잠자리를 같이하는 것을 나 스스로 금기시했다. 즉 도덕적으로나 경제적인 면에서 한 여성을 책임질 자신이 없으면 결혼을 하지 않겠다는 결혼관을 가지고 살았다. 특히 결혼 대상자를 만나기 전까지는 어떤 여성도 책임지지 못할 행동은 하지 않았다. 결혼할 사람이 아니면 만남도 연애도 해서는 안 된다고 나 자신과 약속하고 살아왔던 것이다. 그래서 많은 동료들이 더 많은 봉급을 받으려(기혼자 봉급이 미혼자의 2~3배였다) 한국에서 위장 혼인신고도 하고 많은 자녀가 있는 것으로 서류를 꾸며 독일에 왔는데, 나는 양심이 허락하지 않아 미혼으로 독일 광산에 갔었다. 도덕적이고 양심적으로 살아야 함을 당연하게 생각하고 실천했다.

물론 내게도 한국 여성을 만날 기회는 있었지만 인연이 아니었다. 광산 일을 한 지 1년쯤 지났을 때, 내가 다녔던 고교 교장선생님으로부터 당신 딸을 소개받았다. 그녀는 독일 마인츠 대학병원에서 일하고 있었다. 몇 번 만났지만 본인이 한국에 약혼자가 있어서 만남이 부담스럽다고 하여 더 이상 만나지 못했다.

광부 생활을 마치고는 바로 한국으로 귀국할 계획이어서 기본적인 용돈을 제외하고 남은 돈을 한국으로 송금한 상태였고, 독일 대학 진학은 예정에도 없었다. 수중에 돈이 없는 상태에서 독일 체류와 대학 입학을 결정한 것은 기적이었다. 현지 독일인 이웃이자 수양엄마 집에서 의식주를 구걸하며 생활했고 대학 입학도 도움을 받았던 터라 연애할 여유가 없었다. 아르바이트를 하며 하루살이 인생을 살고 있었다. 그런데 수양엄마에게는 간호학을 전공한 외동딸이 있었는데 나와 짝을 지어주려고 했던 것을 감지했다. 내가 다니는 교회 목사님께 내 느낌을 말씀드렸더니 목사님은 바로 이사하는 것이 좋겠다고 조언하시고는 바로 당신 차를 몰고 와서 짐을 싸게 하셨다. 그 뒤로 수양부모와의 관계는 소원해졌다. 독일 여성과 결혼한 동료도 상당수 있었으나 나는 외국 여성과 결혼한다는 생각을 해본 적이 없었다. 이런 면에서는 매우 보수적이었던 것 같다. 특히 나의 뼈를 독일 땅에 절대 묻고 싶지 않았다.

우여곡절 끝에 대학에 입학했으나 강의를 조금도 이해할 수 없었다. 독일 학생들의 도움이 절실히 필요했는데 남학생들은 외면했다. 다행이 여학생 스터디 그룹에 들어갈 수 있었고 외국인에 대한 관심과 봉사정신을 가진 셰퍼(Schaefer)라는 여학생의 도움을 많이 받았다. 그런데 어느 날 강의실에서 그녀가 내게 오히려 도움을 요청해 왔다. 한국을 주제로 논문을 쓰기 위해 한국 여대생들을 만났는데, 그들의 도움이 절실하니 자주 만날 수 있는 기회를 내게 만들어 달라는 것이었다. 그러면서 내게 한 한국 여학생의 전화번호를 건넸다. 한국 여대생에게 전화를 거는 일은 내게 크게 어려운 일이 아니어서 바로 전화를 했다. 그 여대생의 목소리는 상냥했다. 바로 지금 나의 아내이다.

그녀는 언제든지 놀러오라고 했다. 곧 약속이 잡혀 독일 여대생과 한국 여대생, 나 이렇게 세 명이 한자리에 모였다. 논문에 대한 이야기가 끝나고 고향 이야기가 자연스럽게 나왔다. 알고 보니 전주가 고향이었고 명문 전주여고를 다녔다고 했다. 듣는 순간 나는 내 마음이 이 여대생에게 다가가는 것을 느꼈다. 내가 바라는 전형적인 한국 여성상에다 외모를 지녔고 고향이 같고 또 전북에서 가장 좋은 여고를 졸업했기 때문이다. 이렇게 아내와 운명적으로 독일 땅에서 인연을 맺었다. 결혼하고 아내에게서 들은 이야기인데, 나를 도와준 독일 여대생이 사실은 내게 호감이 있었다고 한다. 그런데 내가 한 번도 손을 안 잡아주어서 한국적인 유교사상 때문인 줄 알고 기다렸는데, 자신이 그만 여자친구를 소개한 꼴이 됐다고 실토했다고 했다.

아내는 독일에 수녀로 먼저 온 언니의 초대로 사촌언니와 함께 1963년 독일로 왔다. 전주여고 3학년 재학 중, 졸업도 못 하고 독일을 선택했던 것이다. 1960년대 초 독일에는 간호사가 많이 부족하여, 독일 천주교 병원에 간호학교를 다니던 언니가 동생들도 같이 공부하기를 권했던 것이다. 아내는 간호학교를 졸업하고 병원에서 일했고, 그 뒤 자신의 꿈을 위해 아헨 사회사업대학에서 공부를 더 했다. 아는 사람이 하나도 없었던 나와는 달리 아내는 그래도 안정된 생활을 하고 있었다. 우리 집안과는 비교도 안 될 정도로 집안도 유복했다. 그리고 나중에 알게 된 사실이지만, 부모님은 그녀가 간호학 공부를 마치고 한국에 돌아오면 의사와 결혼시킬 계획이었다.

그런데 인연은 독일에 있었다. 나는 독일 광부로, 아내는 독일 간호사로 와서 운명적으로 만나 2년간 사귀었고 약혼과 결혼을 했다. 한국에 있는 가족들을 초대하기에는 돈이 쪼들렸다. 결혼 준비를 최소화하고 작은 결혼반지, 결혼 초, 결혼 기념 탁상시계와 당시 한국인이 가장 선호했던 롤렉스시계만 준비했다. 장수 촌놈에 가난한 독일 광부하고 결혼한다고 처가에서는 완강하게 반대했다. 어쨌든 우리는 독일 친구들과 한국 유학생 가족 등 100여 명을 초대하여 성당에서 결혼식을 올렸다. 피로연도 대학 식당을 빌려서 했다.

결혼은 했지만 경제적인 자립이 안 되어 아내는 대학 기숙사에서 생활하고 나는 나의 대학 주변 지하 골방에서 1년간 떨어져서 생활했다. 1년 후 방 2개짜리 5층 다락방을 구해서 겨우 살림을 합쳤다. 우리 부부의 주거지는 그다음 독일 학생 청소년수련관 관사에서, 민간 임대 아파트에서, 귀국해서는 전주 개인주택에서, 서울 강남 서린아파트를 1981년에 구입하여 살았고, 다음은 선릉역 부근 아내의 친구 개인주택에서, 그리고 낙성대역 부근 봉천동으로 이사했다. 낙성대로 간 이유는 나를 친동생처럼 도와주신 단국대 남정걸 교수가 그곳에 살았고 산을 좋아해서 관악산을 자주 가고 싶어서였다. 2002년 분당 야탑동으로 이사하여 그때부터 2017년 현재까지 살고 있다.

만일 누가 아내가 어떠한 사람이냐고 묻는다면 나는 우리나라의 전통적 용어로 "인자하고 어진 어머니이자 착하고 좋은 아내"인 현모양처라고 자신 있게 말할 수 있다. 먼저 남편을 사랑하는 마음이 깊고 높고 넓다. 결혼해서 지금까지 45년 동안 살아오면서 남편을 항상 편안하게 해주려고 노력하며 어떠한 경우에도 이해하고 양보하는 마음, 싸울 일이 있어도 참고 인내하고 기다리는 마음을 가지고 있다. 생각 차가 있어도 가능한 남편의 의견에 따르려고 노력한다. 자녀교육에도 어느 어머니 못지않게 최선을 다한다. 독일에서 1979년 귀국 당시 한국에는 독일어 전문가가 많지 않아서 독일어 관련 직장을 구할 수도 있었지만, 돈보다 자녀교육이 중요하다며 어머니 역할, 아내 역할에 충실했다. 세 딸과 아들을 반듯하게 키웠으며, 자녀들 넷을 과외 한 번 안 시키고 모두 사립 명문 대학을 졸업시켰다. 딸들 결혼 후에도 네 자녀와 손자손녀를 위하는 일이라면 어떠한 희생도 마다하지 않는다. 이제 우리만을 위한 삶을 살자고 하면 화를 내기도 한다. 자녀들과 남편을 위해 좋은 음식을 헌신적으로 만든다. 오늘의 내가 있기까지는 아내와의 만남이 있어서 가능했다.

사랑하는 당신, 나는 돈 번다는 핑계로 주로 밖에서 생활하는데, 내조하고 자녀교육에 혼신을 다한 소중한 당신에게 이 글을 통해 감사하다는 말을 수없이 전하고 싶답니다. 가난한 남편 만나서 고생했습니다. 그러나 내가 교수 봉급으로는 6개월에 1천여 만원씩 되는 자녀들의 사립대 등록금을 댈 수 없었답니다. 학교 봉급 외에 수입을 가져야 했기에 무수한 일을 했습니다. 당신이 지금까지 허리띠 조이며 절약해서 집도 사고 자녀들 대학도 보낼 수 있었지요. 감사합니다. 그래도 우리는 행복합니다. 지금까지 우리 부부와 자녀들 잘 지내고, 손자손녀들 건강하게 자라고 있으니 말입니다. 앞으로도 지금처럼 행복하게 살아요. 당신의 건강이 나의 최고 소원입니다. 현재 나의 걱정은 당신 건강뿐입니다.

전 재산인 소를 팔아 도와주신 형님

형님은 나에게 아버지 이상으로 소중한 분이다. 가난한 우리 가정을 일으켰던 기둥이 형님이다. 체력적으로 허약한 아버지 대신 가정을 일구었다. 내가 어릴 때는 생활이 어려워서 한 끼 때우기도 힘든 때가 많았다. 방마다 방문을 제대로 닫을 수 없을 정도로 다 쓰러져가는 초가집에서 살았다.

우리 형님은 아주 부지런한 사람이었다. 형님은 칠순까지 참으로 열심히 살았다. 평생을 새벽에 일어나서 일을 시작했다. 담배와 술도 안 하며 절약하여 재산을 모았고 조카들을 가르쳤다. 부지런하다는 점에서 어머니와 형님, 나 세 사람은 비슷하다. 형님은 1951년 군 입대 전까지 부잣집에 다니며 머슴처럼 일을 많이 했다. 끼니를 해결하면서 다른 일로 품삯을 벌 수도 있었지만, 형님이 머슴일을 했던 또 다른 이유가 있었다. 나를 밥 먹이기 위해서였다. 나는 형님이 일을 끝낼 무렵 식사시간에 맞추어 그 집 앞에서 기다리고 있다가 형님을 따라가 밥을 같이 먹기도 했다.

가장 역할을 하던 형님이 군에 입대한 뒤에 살림은 더 어려워

졌고, 나는 밥 얻어먹을 곳이 없었다. 그 시기는 전쟁 중이라 군대 가면 살아서 돌아온다고 믿는 사람은 아무도 없었다. 초등학교 전교생과 마을 사람들은 모두 신작로에 나가 손에 태극기를 흔들며 전쟁에서 무사히 살아오기를 바라는 마음으로 환송을 했다. 형수는 18세 어린 나이로 가난한 가정에 시집온 지 1년도 채 안 되었을 때였다. 살아서 올지 죽을지도 모르는 남편을 떠나보내는 형수의 그 마음은 어땠을까? 참 소설 같은 이야기이다.

6·25전쟁 때는 군에 입대하면 대부분 죽음으로 이어졌지만 형님은 천운으로 살아 돌아왔다. 중고등학교를 다니지 못한 사람들은 순진하다 생각하여 후방 미군부대로 차출했다. 미군들의 말을 고분고분하게 잘 들을 거라 여겼던 모양이다. 중고등학교에 다니지 못한 형님은 전방 전쟁터를 면하고 미군부대에 배속되었다. 같은 시기에 우리 면에서 입대한 청년들은 대부분 사망했다. 생존자는 형님뿐이다.

강원도 원주의 형님 군대로 두 번 방문한 적이 있었다. 그간 형님이 모아 놓은 돈을 내 학비에 보태라고, 직접 와서 가져가라는 편지가 온 것이었다. 얼마 안 되는 군대 월급을 꼬박꼬박 모으고 담배를 피우지 않아 담배를 팔아 모은 돈을 다 내게 주었다. 어머니와 형수를 모시고 장수 산서에서 원주까지 비포장도로 위를 버스를 타고 하루 종일 달려갔다. 태어나서 처음으로 기나긴 여행을 해봤다. 돈을 받는 순간 감격의 눈물이 쏟아졌다. 너무나 값진 돈이었다. 돌아와 밀린 중학교 수업료를 냈다.

형님과 관련하여 가장 잊을 수 없는 일은 독일에 광부로 가기 위해 경비를 마련할 때이다. 독일을 가기 위해서는 양복도 맞춰 입고 구두도 사야 하며, 광부경력증도 중개인을 통해 만들어야 하는 등 경비가 꽤 많이 들었다. 역시 형님에게 도움을 요청할 수밖에 없어 고향으로 내려갔다. 물론 가족들은 내가 독일 광부로 간다는 내용을 전혀 알지 못했다. 나 혼자 일을 저질렀기 때문이다. 독일 광부합격증을 본 가족은 기뻐하기보다는 그 일이 무엇인지도 몰라 어리둥절해했다. 독일 가는 준비로 목돈이 필요하다고 설명을 했다. 내 이야기를 묵묵히 듣고 있던 형님은 알았다고 했다. 그러고는 형님의 전 재산인 소를 팔겠다고 했다. 시골 생활을 해본 사람들은 알 것이다, 농촌에서 소가 어떤 의미인지를. 소가 없으면 한 가정의 생계를 일구어 나갈 수가 없다. 소에게 그 집 식구들의 생명이 달린 것이다. 그런데 바로 그 소를 팔겠다고 한 것이다. 눈물이 주르륵 흘렀다.

나의 형님은 우리 가정의 가난을 해결해주었다. 오직 황소처럼 일만 하며 평생을 살았다. 교회를 열심히 다니며 장로도 역임했다. 기회가 있을 때마다 형님이 가난해서 못 배운 것에 대해 한 맺힌 말씀을 토해냈다. "나는 못 배웠지만 동생과 자식들은 배우도록 해야 한다"라고 늘 강조했다.

형님, 감사합니다. 본인은 못 배웠다고 지금까지 기회 있을 때마다 한이 맺혀 하시는 말씀을 동생은 압니다. 그래서 동생과 조카들을 잘 가르치시어 다들 성공했습니다. 지금은 형님이 이 세상에서 둘도 없는 행복을 누리고 계신 것 같아 동생은 흐뭇합니다. 제가 자식들 키우느라 여유가 없어 형님과 형수님께 용돈을 많이 못 드려 죄송합니다. 고학으로 대학을 다녀야 했기 때문에 형님을 독일에 한 번도 모시지 못해 항상 마음에 걸렸습니다. (그러나 처가에서도 장모님이 다녀가실 때 수녀 처형이 경비를 댔습니다.) 늦었지만 지금이라도 모시고 싶어도, 형님도 저도 너무 늙어서 못 갑니다. 평생 짐을 가지고 살고 있습니다. 88세 형님, 건강하세요.

가난한 가정에 시집와서 고생한 형수님

우선 18세 꽃다운 나이에 가난한 가정에 시집와서 시부모 모시고 정말 어느 누구보다도 고생을 많이 했던 우리 형수님. 시집온 지 몇 달도 안 되어 6·25전쟁이 일어났고, 곧 형님이 입대하는 바람에 새색시는 기약 없는 생이별의 아픔을 맛보았다. 가난한 살림에 남편도 없이 시부모 봉양을 어찌 했을까. 당시 나는 열 살, 초등학교 4학년이었다. 형수님은 어린 나를 자식처럼 돌보아주었다. 제2의 어머니와 같이 소중한 분이다.

형수님은 비교적 넉넉한 양반집 가정에서 가정교육을 잘 받고 자랐다. 부지런하고 집안일에 능숙했다. 특히 음식이 얼마나 맛있는지 지금도 팔순이 넘은 형수님의 손맛이 그리우면 열 일 제치고 고향으로 내려가곤 한다. 정이 많아 온갖 종류의 김치와 부침까지 트렁크에 가득 채워준다. 매년 김장김치도 보내주어 먹는다. 아내와 아들도 큰엄마 음식이라면 대환영이다. 나는 형수님이 만든 음식이라면 무조건 맛있게 먹는다. 아내는 고향 것은 무조건 좋아한다고 질투하기도 한다. 특히 형수님의 추어탕, 육개장과 떡국은 별미이다. 얼마나 좋아했으면 나는 초등학교 수업을 마치고 사돈집에 수시로 가서 밥을 얻어먹고 잠을 자고 오기도 했었다. 이게 시골 정서가 아닌가 싶다. 지금 사회에서는 불가능한 일이다.

나는 참 복이 많다. 어머니 대신 형수님이 우리 집에 와서 음식을 이어주더니, 다음은 아내가, 지금은 큰 조카며느리에게 음식 솜씨가 대물림되었다. 조카며느리는 한없이 착하고 음식 또한 각종 요리를 배워가며 예술처럼 선보인다. 그래서 지금은 맛있는 음식을 먹으러 고향 형수님 대신 청주 조카에게 가곤 한다.

고향이 지리산 자락이어서 6·25전쟁 때 밤마다 빨치산들이 마을로 내려와 식량, 가축, 젊은 남녀 등을 가리지 않고 강제로 산으로 끌고 갔다. 형님이 입대하고 19세가 된 형수님은 저녁마다 이리저리 숨고 피해 다니느라 정신이 없었다. 우리 마을에서는 밤낮으로 국군과 빨치산들의 교전이 많았다.

형수님은 농사일 때문에 허리가 많이 아픈데도 아직도 매일 부지런하게 일을 한다. 무, 배추, 고추, 파, 호박 등 농사를 지어 자식들과 동생집에 나누어준다. 그만하시라고 말려도 오히려 건강을 유지하는 길이라며 즐거워한다.

형수님, 지금 엄청 행복하시지요? 자녀들, 손자손녀들 다들 성공했으니 말입니다. 며느리들도 참 착한 사람들만 찾으셨어요. 시집 잘 오셨지요? 아마 산서면에서 제일 행복한 분일 겁니다.

나의 조카, 버스 차장 변재수

먼 친척 누나의 아들인 변재수는 나보다 나이는 많지만 내게는 조카뻘이다. 고향도 같고 어려서 같이 자랐다. 정이 많았던 그는 초등학교만 나오고 전주에서 버스 차장을 했다.

중학생이 된 나는 고향을 떠나 전주 사촌형 집에서 하숙을 했다. 그러다 어머니가 보고 싶으면 기차를 타고 고향으로 내려가곤 했다. 하지만 돈이 없어서 자주 찾아가지는 못했다. 어머니가 못 견디게 보고 싶으면 도둑 기차를 탔다. 당시 돈 없는 많은 학생들이 도둑 기차를 탔다. 차표 검사를 하는 차장을 피해서 이 칸 저 칸으로 도망다니고, 화장실이 만원이면 위험을 무릅쓰고 기차 지붕 위로 올라가기도 했다. 그마저 여의치 않을 때에는 역에서 내려 그다음 기차를 기다리기도 했다. 지금 세대에서는 아마 이해할 수 없는 일일 것이다.

그런데 어느 날 변재수 조카가 전주의 어느 노선 버스로 나오라고 했다. 갔더니 얼른 버스에 타라고 했다. 탔더니 신문지 뭉치를 건네주면서 빨리 내리라고 했다. 집에 와서 보니 신문지에 동전이 들어 있었다. 참으로 눈물겨웠다. 차장이 돈을 도둑질해서 나에게 건네준 것이다. 작은 액수지만 이런 시절도 있었다. 지금은 교회주차 관리를 한다고 한다. 그때 버스 주인에게 미안하다. 지금이라도 버스 주인이 살아 있다면 빼돌린 돈에 이자를 합해서 돌려주고 싶은 마음이다.

조카야, 작지만 그 깊고 고마운 마음 잊지 못하고 살아왔다. 가까운 시일에 만나서 맛있는 밥 한번 사주고 싶단다. 어찌 그런 마음을 가지게 되었는지? 네가 나보다 더 어려운 환경이었는데 내가 불쌍해 보였던 모양이구나. 그때 지은 죄를 이 글로 대신한다.

신문 배달을 함께한 중학교 동창 구정서

전주에 있는 중학교에 입학하자 기거할 곳이 없었다. 사촌형에게 사정하여 임시로 하숙할 곳을 구했다. 그러나 형은 부자이면서도 야박하게 하숙비를 내라고 했다. 처음 몇 개월간은 고향에서 쌀을 보내 와서 하숙비 대신 쌀을 줄 수 있었다. 그러나 그것도 얼마 안 있어 중단되었고, 곧 나는 사촌형 집을 쫓겨나다시피 나와 신문 배달을 하던 친구 구정서의 자취방에 신세를 지게 되었다. (이때 나를 도와줬던 사촌형의 딸이자 나의 조카 권춘자에 대해서는 뒤에서 따로 이야기하겠다.) 전주의 오목대 무허가 판자촌 자취방에서의 생활은 이렇게 시작되었다. 그래도 친구에게 밥값은 줘야 했고 학교 수업료도 내야 했다. 고향집에도 손을 벌릴 수가 없었다. 고향집의 쌀독, 보리독도 다 비어가서 내 입에 넣자고 바가지로 선뜻 퍼올 수가 없었다. 겨우 몇 줌 가져다가 배고픔을 달래며 학교를 다녔다.

뭔가 해결책이 필요했다. 정서에게 나도 신문 배달을 할 수 있게 해달라고 부탁했다. 정서는 지국 사장에게 내 사정을 설명하여 겨우 배달구역을 배정받았다. 중학교 1학년 때, 객지에서 밥해 먹으며 학업에 신문 배달까지 해야 하니 정신적, 체력적으로 감당하기 어려웠다. 성장과정이나 가정환경이 나와 비슷했던 정서와 서로 의지하며 하루하루를 살았다.

유명 중앙지인 〈조선일보〉나 〈동아일보〉의 배달원이 되는 것은 쉽지 않았다. 정서는 〈경향신문〉을 배달하고 있었다. 배달부수는 평균 100가구였다. 100가구 이상 배달은 매우 어려웠다. 시간도 많이 걸리고 중학교 1학년 학생이 체력적으로 감당할 수 없었다. 1950년대에는 조석간으로 신문이 발행되었는데 한번 배달을 나가면 2시간씩 걸렸다. 새벽 4시에 배달하고 학교에 갔다 와서 밥해 먹고 책 좀 보다 잠시 잠들었다가, 천근만근 되는 몸을 일으켜 다시 새벽 4시에 나간다. 늦게까지 공부하고 새벽에 일어나 비가 오나 눈이 오나 변함없이 신문을 배달했다. 그것이 신문의 사명이었다. 대부분 개인주택에 살던 시절이라, 중학생 체력으로 하루에 두 번 집집마다 배달하는 것이 힘에 부쳤다.

그러나 공부를 포기할 수는 없었다. 꿈을 이루려면 공부도 더 열심히 하자고 다짐했다. 신문 배달을 하면서 가장 어려웠던 점은 무거운 신문더미보다 대금을 받는 일이었다. 대금을 지불하지 않고 구독자가 이사가버리면 배달원 봉급에서 삭감했다. 비가 올 때 배달도 문제다. 지금처럼 비닐봉지가 있을 리 만무하다. 개인주택 대문은 잠겨 있고 처마 밑에 놓고 가면 필시 젖는다. 다음 날 만나면 신문이 젖어서 대금을 못 주겠다고 윽박지른다. 젖은 신문만큼 빼고 준다느니 더러는 욕을 하며 구독을 끊겠다고 협박을 했다.

모두 그런 사람만 있는 것은 아니었다. 불쌍하다고 밥을 주기도 하고 과일이나 간식을 주는 따뜻한 독자도 있었다. 이렇게 바쁘게 배달하고 집에 가서 밥 한술 먹고 등교하면 수업시간에 피곤이 몰려온다. 공부는커녕 책상에 엎드려 나도 모르게 그냥 잠이 들고 만다. 내 가정형편을 선생님들에게 허심탄회하게 이야기할 수가 없었다. 자존심 때문이었다. 그렇게 잠만 자면 앞으로 어떤 사람이 되겠느냐고 야단만 쳤다. 나는 점점 '문제 학생'이 돼가고 있었다. 선생님들에게 셀 수 없이 매도 많이 맞았다. 자고 있다고 복도에 나가 손을 들고 벌을 받은 일도 있었다. 배가 고파서 똑바로 서서 벌서기도 힘들었다. 깊이 잠들어 있으면 친구들이 점심시간이라고 깨웠다. 밥 얻어먹으라는 신호였다. 물론 나는 도시락도 싸가지 못했다. 도시락에 담을 밥도 반찬도 부족했고, 꽁보리밥은 창피해서 싸갈 수도 없었다. 나는 교실을 나와 화장실에 가서 수돗물로 배를 채우기도 했다.

이러니 공부는 바닥이었다. 시내 야경을 바라보며 "세상에는 저렇게 많은 집들이 있고 부자들이 많은데 나는 집도 없고 먹을 것이 없구나" 하며 한탄도 많이 했다. 후에 서울 을지로입구에서 막노동자로 일할 때에도 똑같은 생각을 했었다. 밤에 남산에 올라가서 서울 시내 많은 등불과 주택들을 바라보며 한숨을 많이 쉬었다. 그러나 이렇게도 저렇게도 모두 사람 사는 모양이라고 여기며 가난한 대로 살았다. 가난 때문에 후회한 일은 없다. 오히려 가난이 성공의 지름길이 되었다고 나는 자부한다. 신문을 배달하며 학교를 다녔던 것은 좋은 추억이었다. 고등학교 다닐 때는 내가 잠만 잔다고 독하게 체벌했던 담임 선생님이 내 사정을 알고 수업료를 한 번 내주기도 했다. 그 선생님에게 항상 감사한 마음을 가지고 평생 잊지 못하며 살고 있다.

신문 배달하면서 부러웠던 것이 있었다. 12월 추운 겨울, 어느 부잣집에서 흘러나오는 아름다운 소리에 마음을 빼앗겼었다. 그게 무슨 소리인지는 한참 지나서 알게 되었다. 피아노 소리라는 것을 알게 되었지만, 피아노가 어떻게 생긴 악기인지는 몰랐다. 부자들만이 가질 수 있는 악기라고들 했다. 나는 그때의 한을 풀고자 결혼해서 자녀들에게 배우도록 했다. 피아노는 아내에게도 자녀에게도 모두 사주었다. 어린 시절의 소원을 풀며 만족을 했던 것이다. 그렇다고 자녀 중에 피아니스트가 탄생한 것은 아니다. 지금은 분당 아파트에 살기 때문에 신문 배달원이 신문 몇백 부를 차에 싣고 와서 30분도 안 되어 배달하고 돌아간다. 1950년대 내 나이 14세 때의 신문 배달과 78세가 된 지금의 신문 배달 문화는 너무나 다르다. 신문은 과거의 아름다운 학생 시절을 회상하게 한다.

살아 있는지 죽었는지 알 수 없구나, 정서야! 독일에서 돌아와 방배동에서 딱 한 번 너를 만났는데, 더 이상 나를 찾지 않아 자연스럽게 연락이 끊겼구나. 아름다운 학창 시절이여.

고등학교 밥친구, 김홍기와 오재선

고등학교 다닐 때 항상 배가 고팠다. 전주 달동네에서 자취와 신문 배달로 하루하루 살아가던 내게, 은혜를 베풀어준 친구 오재선과 김홍기가 떠오른다.

고향에서 보내준 쌀이 떨어지면 굶는 날이 많았다. 반찬은 소금뿐일 때가 많았다. 학교로 가는 길에 친구 오재선의 집이 있었다. 재선이 아버님은 전주여중 지리 선생님이셨다. 등교하다가 조금 일찍 재선이네 집을 기웃거리면 아침밥을 얻어먹을 수 있었다. 밥상에는 하얀 쌀밥과 몇 가지 반찬이 가득 놓여 있었다. 재선이 할머니는 나를 손자처럼 여기고 자주 밥을 주셨다. 그때의 따뜻한 밥을 잊을 수 없다. 사랑을 베풀어주셔서 감사했다.

학교에서는 친구 김홍기가 내 밥을 많이 챙겨주었다. 무주가 고향인 홍기는 집이 부유했다. 홍기와 어울려 우리는 '주피터'라는 운동 동아리를 만들었다. 대부분 태권도와 같은 운동을 좋아하는 친구들이 가입했다. 레슬링 국가대표이면서 78세인 현재까지 국제 심판위원으로 활동하고 있는 김익종 친구도 주피터 출신이다. 이 가운데 운동과 무관한 두 사람이 있었는데, 고아원에서 등교하는 친구 하나와 가장 가난한 나였다. 동아리 친구들은 공부에 썩 관심이 많지는 않았다. 운동하는 친구들이 많으니까 싸움에는 일가견이 있었다. 친구들은 방학 때 같이 놀러 다녔는데 나는 신문 배달과 봉사활동으로 같이 어울리지 못했다.

이런저런 이유로 도시락을 쉬는 시간에 미리 먹어치웠는데, 자기 도시락만이 아니고 남의 것도 훔쳐먹었다. 홍기와 재선이는 다른 친구 것을 훔쳐다 배고픈 나에게 자주 갖다주었다. 몰래 먹던 도둑 밥은 어찌 꿀맛이던지 지금도 잊을 수 없다. 같은 반 친구들, 그때 내가 도시락 먹은 것 미안하게 생각해. 늦었지만 지금이라고 용서를 바랄 뿐이다.

고등학교 졸업 후 독일 광부 일을 마치고 돌아오니 재선이는 호텔업을, 홍기는 정치활동을 하고 있었다. 지금도 이 모임은 계속되고 있다. 몇몇은 저세상에 갔다. 홍기는 사업으로 성공했지만 무주 자치단체장이 되고 싶어 꿈을 가지고 살아왔다고 한다. 꿈은 이루지 못했지만 후회는 하지 않는다고 했다. 1년에 한두 번 만나면 과거 학창 시절에 대한 이야기를 하며 밤을 새우기도 한다. 홍기와 재선이는 지금도 남에게 많이 베풀며 살고 있다.

> 홍기 이 친구야, 2016년 말 무주사과 한 상자를 보내줘서 고맙네. 이 글을 통해 가난한 친구 만나 먹여 살리려고 애쓴 친구들에게 고맙고, 보답하고 싶은 마음뿐이네. 남은 세상 건강하고 행복하게 살아가세나.

고등학교 양영옥 교장선생님

초·중학생 때 성적이 최상위권은 아니지만, 그래도 공부를 열심히 하는 축에 들었다. 그런데 초등학교 졸업 후 1년간 농사짓고 반년 쉬었다가 재수하여 전주의 명문 중학교에 시험을 보았는데 그만 낙방하고 말았다. 중학교 다닐 때도 열심히 공부했지만 한계가 있었다. 신문 배달과 자취생활에 지쳐서 공부를 잘할 수 없었다. 고등학교 입학시험에서도 당시 전북 최고의 고등학교에 시험을 보았지만 떨어졌다. 차선책으로 농고에 입학했지만 그 뒤 1년 동안은 공부를 등한시했다. 농촌 출신인 나는 어려서부터 시골에서 소똥, 돼지똥, 닭똥 냄새를 신물나게 맡고 자랐고 농사일에는 이력이 났다. 그래서 다시 모를 심고 논일, 밭일을 하며 학교 다니는 게 죽기보다 싫었다. 억지로 농고를 다니다가 1학년 말 인문계 전주 신흥고로 전학할 결심을 했다. 당시 전주에는 인문계 고교가 둘밖에 없었다. 지금은 동등한 수준이 되었지만 그때는 명문고에 밀린 학교였다. 신흥고등학교 교장실로 무작정 찾아갔다. 그러나 교장선생님을 만날 수 없었다. 여러 차례 시도 끝에 드디어 교장선생님과의 면담이 이루어졌다. 현재

농고를 다니고 있는데 이곳으로 전학하고 싶다고 강하게 말했다. 교장선생님은 나의 행동을 부정적으로 보시며 한마디로 거절하셨다. 그래도 나는 포기하지 않고 계속 교장실 문을 두드렸다. 이 촌놈에게 기회를 달라고 떼를 쓰니까 마지못해 여러 차례 면담 후 전학 허가를 내주셨다. 나는 중학교 선택에서부터 박사학위 받을 때까지 부모형제와 상의한 적이 없었다. 상의할 만한 환경이 되지 못했기 때문이다. 이렇게 나는 박사학위까지 나 스스로 진로를 결정했다.

드디어 매우 행복한 마음으로 신흥고등학교에 다니기 시작했다. 어느 날 등굣길에 아주 허름한 양복에 검정 고무신을 신고 책 보따리를 들고 출근하시는 한 선생님이 눈에 확 들어왔다. 알고 보니 우리 학교 교감선생님이셨다. 보성전문학교(현 고려대학교)를 졸업하셨는데, 사회과 교사 중에 결원이 생기면 대신 가르치셨다. 후에 교장선생님이 되셨는데 그분이 바로 나의 삶의 모델인 양영옥 교장선생님이시다. 근면, 성실, 절약과 봉사활동의 정신도 이분에게 배웠다. 사하라 태풍이 왔을 때 길거리를 다니며 옷과 쌀을 모아서 어려운 시설에 나누어주었다. 또한 내가 주관하여 전주 시내 전 고등학교를 대상으로 학예회를 준비하여 우리 학교 강당에서 행사를 열고, 입장료로 학용품을 사서 고군산열도의 어린이들에게 나누어주었다. 방학 때는 농촌에서 문맹퇴치운동도 적극 벌였다. 가난한 자취생활과 신문 배달에 시달리면서도 등굣길을 혼자 청소하고 꽃을 사다 학교 부근에 심기도 했다. 그리하여 전북 대표로 적십자대상을 받았고, 언론에는 처음으로 나에 대한 인터뷰 기사가 실렸다. 학교에서 양영옥 교장선생님에게서 배운 정신은 고학으로 박사학위를 받을 때까지 이어졌다.

> 양영옥 교장선생님은 제 인생의 모델입니다. 고등학생 때 선생님의 모습과 교육정신은 제 머리에 그대로 남아 있습니다. 저세상에 가신 장평화 교장선생님, 전학을 허락해주셔서 감사했습니다. 덕분에 교육학 박사도 되고 대학교수도 되었습니다. 제게 따님을 소개해주셨는데 약혼자가 있어서 용기가 없었습니다.

지리산 아낙 작은누나

중학교 1학년 때 시작한 신문 배달은 고등학교 2학년 때까지 계속됐다. 그러나 고3이 되면서 학업과 병행하는 것이 어려워 결국 5년간 해왔던 신문 배달을 그만뒀다. 몸은 홀가분했지만 수업료를 마련할 방법이 없었다. 수업료를 내지 못하면 졸업을 할 수 없었고 졸업장이 없으면 교사가 될 수 없었다.

생각 끝에 방학 때 지리산 아주 깊은 산골, 전북 임실군 성수면에 살고 있는 작은누나를 찾아갔다. 장작을 만들어 팔아서 학비를 마련할 생각이었다. 누나는 슬하에 8남매를 두어 가족이 많았다. 거기다 나까지 신세질 생각을 하니 마음이 무거웠지만 어쩔 수 없었다. 지리산 구석구석을 헤매며 땔감이 될 만한 큰 나무는 다 내 사냥감으로 삼고, 닥치는 대로 나무를 베어다가 누나네 집 앞으로 운반했다. 지금 생각해보면 산 주인도 있었을 테고, 허락 없이 나무를 베는 것은 아마 불법이었을 것이다. 그러나 그때는 그런 것을 알지 못했고 앞뒤 상황을 재고 판단할 여력이 없었다. 장작더미가 점점 쌓여갈수록 몸은 견딜 수 없을 정도로 녹초가 되었다. 고등학생의 몸으로 감당하기에는 너무나 고된 일이었지만, 졸업을 하느냐 마느냐 하는 중대 기로에 서 있었기 때문에 죽을힘을 다해 버텼다. 길이 3미터에 높이 1미터가 되면 한 단으로 쳐줬던 것 같다. 결국 장작 두 단을 만들어 내다 팔아 수업료를 마련했다. 피땀 어린 돈을 손에 쥐던 날, 얼마나 눈물을 흘렸는지 모른다.

이처럼 낮에는 장작을 팼고, 밤에는 마을 사람들과 학교에 못 가는 어린이들, 조카들까지 모아놓고 한글과 학교 공부를 가르쳤다. 농촌에서 문맹퇴치운동을 했다는 이유로 대한적십자사 지사장 전북 학생대표 표창도 받았다. 공부에 대한 갈증과 교사가 되고자 하는 꿈을 이루기 위한 나와의 독한 싸움에서 결국은 이겨냈던 것이다. 지금도 방문할 때마다 밤, 고구마, 호박 등을 싸주신다. 역시 두 누나들이다.

현재 82세인 작은누나는 정이 많으셨어요. 가난한 살림에 동생까지 밥해 먹이느라 고생 많으셨지요? 그때 정말 고마웠어요. 8남매 조카들이 너무 대견합니다. 지금은 행복하시지요? 자형이 오래 아프시고 누나도 귀가 안 들린다고 하는데 빨리 회복하시길 빕니다.

내 운명을 열어준 여조카 권춘자

춘자야, 나는 네게 아무것도 해주지 못했는데 그렇게 세상을 빨리 떠나다니, 보고 싶구나. 사랑하는 조카야, 하늘나라에 있는 네게 내 마음을 전하고 싶어서 이 책을 쓰게 됐단다. 너는 내가 독일 광부로 갈 수 있도록 길을 열어주었는데 나는 네게 아무런 보답도 못 해주었구나. 왜 그리 서둘러 이 세상을 등진 게냐.

그녀가 없었다면 나는 박사학위도 못 받고 대학교수가 될 수도 없었을 것이다. 나의 운명은 조카 춘자가 바꾸어준 것이다. 그런데 그렇게 나를 아껴주었던 조카는 자궁암으로 투병하다 내가 1979년 독일에서 귀국하여 얼마 되지 않았을 무렵 그만 세상을 떠나고 말았다. 가슴이 찢어지는 슬픈 일이다. 한국에 돌아오면 좋은 선물과 맛있는 음식도 사주며 같이 여행도 다니고 싶었는데, 춘자는 마흔 꽃다운 나이에 저세상으로 갔다. 살아 있었다면 옛이야기를 나누며 행복한 시간을 보낼 수 있었을 텐데…….

전주의 중학교에 입학하고 고향을 떠나온 나는 오갈 곳이 없어서 사촌형 집에서 몇 달간 기숙했던 것은 앞에서 밝혔다. 그 집 딸이 조카 춘자이다. 나는 삼촌뻘이었지만 나이는 비슷했기 때문에 오누이처럼 지냈다. 조카네는 1950년대에 운전기사 딸린 자가용과 트럭을 소유한 부잣집이었다. 사촌형 집에 하숙하는 동안 제대로 하숙비를 낼 수 없었기 때문에 사촌형 내외에게 서러움을 받으며 지냈다. 차별 속에서 겨우 눈칫밥을 먹으며 하루하루 가시방석에 앉은 것 같은 생활을 했다. 다른 식구들에게는 쌀밥을, 내게는 주로 보리가 많이 섞인 밥을 주었다. 이런 상황을 알게 된 춘자는 쌀밥과 다른 음식들을 부모 모르게 숨겨두었다가 나를 불러 부엌방에서 먹도록 한 적도 있었다. 고향집에서 사촌형 집으로 보내던 쌀이 중단되자, 나는 결국 보따리를 싸서 친구 구정서의 자취방으로 옮길 수밖에 없었다.

사촌형 집을 나온 뒤에도 조카 춘자는 나를 불쌍히 여겨 밥덩어리를 숨겨두었다가 몰래 주거나 도시락을 싸서 자신의 동급생 편에 보내기도 했다. 길거리에서 그 도시락을 전해 받은 그날은 자취방에 돌아와서 눈물과 함께 밥을 먹었다. 내가 고된 신문 배달을 한다는 소식을 듣고 영하의 추운 겨울 새벽에 교복 차림으로 나왔던 여중생 춘자, 신문 배달을 도와주다가 아버지에게 들켜 혼쭐나게 매를 맞고 다시는 나를 돕지 못했다.

6·25전쟁으로 제대로 학업을 할 수 없었기 때문에 나는 초등학교를 8년간 다녔다. 고등학교를 졸업하자마자 군 입대통지서가 와서 군 복무를 했다. 군대에 있을 때에도 조카 춘자와 편지를 가장 많이 주고받았다.

1963년 봄, 제대하고 고향에서 형님의 농사일을 도왔다. 농부로 사는 것이 나에게는 가장 쉬운 선택이었다. 어느 날, 춘자가 서울의 작은오빠 집에 있다가 우리 시골집으로 놀러왔다. 제대 후에 시골에서 지내는 것을 본 춘자는 내게 서울에 가서 막노동을 한번 해보는 게 어떠냐고 제안했다. 나는 막노동이 무엇인지도 몰랐지만 시골을 벗어나고 싶다는 생각에 무조건 해보겠다고 했다. 바로 다음날 조카와 야간열차를 타고 서울로 갔다. 춘자는 나를 건설업자인 사장 집으로 데리고 갔다. 춘자의 작은오빠가 사장 집에 세들어 살고 있었던 것이다.

사장을 나를 보자마자 몸이 약해 보인다고 퇴짜를 놓았다. 몸무게가 60킬로그램도 안 되었으니 노동자로 누가 써주겠는가. 조카의 말만 듣고 무작정 올라온 내가 한심스러웠다. 하지만 나는 포기하지 않고 도와 달라고 애걸했다. 몸은 허약해 보여도 농촌에서 농사도 짓고 군 복무도 무사히 마친 사내로서 일을 잘할 수 있으니, 한번 믿고 일을 시켜 달라고 사정사정했다. 미심쩍어하던 사장은 못 이기는 척 허락을 했다.

공사장은 을지로입구였다. 처음 해보는 막노동이 잘될 리 없었다. 건축 공사장에서 내가 맡은 일은 하루 종일 큰 망치로 철근을 자르는 일이었다. 철근 두께가 두꺼우면 온 힘을 다해 10번을 내리쳐야 겨우 잘라졌다. 고향으로 내려가고 싶은 생각이 굴뚝같았다. 제대로 먹지 못하는 상태로 며칠이나 견딜 수 있을지 알 수 없었지만, 시골에 간다 한들 농사일 말고는 다른 선택이 없었기 때문에 죽기 살기로 견뎌야 했다. 틈틈이 모래지게를 지고 3~4층으로 운반하는 일도 했다. 당시 을지로에서 꽤 높은 건물도 지었다. KBS 건물로 아마 서울에서는 가장 높은 건물이었을 것이다.

숙소도 문제였다. 또 다른 남자 조카가 왕십리에서 헌책방을 하고 있어서 조카에게 부탁하여 같이 지내게 되었다. 흙바닥에 판자를 깔고 누더기 같은 이불을 덮고 잠을 잤는데, 몸뚱이를 눕힐 곳이 있다는 것만으로도 행복했다. 그런데 헌책방에는 빈대가 많았다. 낮에는 책 사이사이에 숨어 있다가 밤이면 내려와 온몸의 피를 빨아먹었다. 빈대가 자기 몸이 터질 때까지 피를 빨아먹는 것은 시골 논의 거머리하고 같다. 헐벗고 굶주린 신체에 빈대까지 괴롭혔다. 하지만 고된 막노동에 시달린 육체는 빈대가 달려들든지 말든지 잠으로 빠져들었다. 그렇게 빈대와 함께 밤을 보낸 뒤 일을 하러 나가기를 1년 이상 했다. 시골 촌놈이 서울생활을 시작했고 뒤이어 독일행을 결심할 수 있었던 것은 모두 춘자의 권유 덕분이다. 그녀는 미래를 내다보는 혜안을 지녔다.

> "아재 아재" 하면서 눈을 반짝이던 네 모습이 아직도 생생하다. 유난히 정이 많이 든 조카였는데 너무 짧게 세상에 왔다 갔구나. 네가 살아 있을 때 아재가 아무것도 해주지 못했는데, 너는 내게 너무나 많은 것을 주고 갔구나. 나는 네게 평생 감사하는 마음으로 살아왔단다. 하늘나라에 간 효자 조카야, 아재는 네가 그립구나.

을지로입구에서 만난 한양대학생

서울에서 막노동을 하고 지내던 1963년 여름, 함께 일을 하던 한양대 학생이 〈조선일보〉 광고 쪽지를 디밀었다.

"이종아, 독일 광부 모집이 있는데 이거 때려치우고 독일이나 가자."

광고를 자세히 읽어보니 나는 조건에 해당되지 않았다. 광산 경력이 3년은 돼야 했다. 한양대생은 돈만 있으면 해결방법이 있다고 했다. 우리 사회에 이 시기만큼 브로커가 많은 때도 없었을 것이다. 그러나 나는 브로커라는 말을 처음 들었고 그들이 무엇을 하는지도 몰랐다.

한양대생의 소개로 브로커를 만났는데 내가 감당하기 어려운 거액의 돈을 요구했다. 나는 돈도 없었지만, 이 사람이 돈만 받고 사라지면 어떻게 하나 하는 생각 때문에 불안했다. 브로커가 요구한 돈은 당시 시골에서 소 한 마리 팔아야 하는 큰 금액이었다. 이 돈을 마련하기 위해 시골 형님에게 내려갔다. 형님은 농촌 최고의 자산인 소를 아무 말씀도 없이 팔아주셨다. 농촌 출신 형제애가 아니면 불가능한 일이었다. 이 돈을 브로커에게 주고 일부 남은 돈으로 양복을 맞춰 입고 넥타이는 친척에게 얻어서 차고, 윤승룡 친구에게 뒤창이 다 닳은 구두를 얻어 신고 독일 광부로 갔던 것이다.

나중에 들었지만 심한 경우에는 모든 서류를 위조하여 광부로 온 사람도 있었다. 세브란스 병원에서 신체검사를 받고 탄광에서 지하 실습을 받아야 했는데, 그런저런 과정 없이 서류를 만든다는 것이다. 게다가 가짜 결혼에 가짜 자녀까지 만들어 수당을 더 많이 챙긴 사람도 많았다. 나는 촌놈이라 요령도 없고 돈도 없고 빽도 없어서 시키는 대로 모든 과정을 다 거쳐서 준비했다. 1964년 10월 5일 루프트한자 독일 비행기에 몸을 실었고 다음날 뒤셀도르프 비행장에 내렸다.

내 인생을 바꿀 만큼 소중한 정보를 제공한 이 대학생은 만난 지 3일 만에 헤어져서 이름도 모른다. 그 학생이 독일 광부로 갔는지, 아직 살아 있는지조차 알지 못한다.

> 아직도 〈조선일보〉 광부 모집 광고 신문지가 눈앞에 아른거린다네. 자네 덕분에 독일에 잘 다녀왔어. 친구는 지금 어디에 뭐 하고 있는가? 고맙다는 말을 하고 싶다네. 자네가 있어서 독일에 광부로 갈 수 있었고 덕분에 이렇게 성공해서 잘살고 있는데, 자네를 찾을 방법이 없어서 몹시 아쉽네.

단 한 켤레 구두를 선뜻 내준 친구 윤승룡

중학교는 같이 다녔어도 나이는 나보다 세 살 많은 친구 승룡이. 같은 농촌 출신이고 고향이 남원이라 생활습관과 정서가 비슷했다. 친구는 세탁소를 운영하는 큰형님 집에서 학교를 다녔다. 그런데 형님은 어린 동생에게 세탁소 일을 혹독하게 시켰다. 승룡이는 학교를 다니면서도 궂은일을 시키는 대로 다 해냈다.

승룡이는 공부도 한 번 몰입하면 그렇게 열심일 수 없었다. 무더운 여름에도 밤낮을 가리지 않고 의자에 앉아 있는 바람에 바지 엉덩이 부분이 다 헤지고 살마저 짓물러 있었다. 나는 그렇게 공부한 적은 없다. 승룡이는 농고를 졸업하고 고려대 법학과에 입학했다. 농고 출신이 고려대 법대 입학은 아마 처음이자 마지막일 것이다. 고대를 졸업하고 고시를 여러 차례 보았으나 항상 1차만 합격하고 2차는 안 되어 그만 포기하고 말았다. 그 이후 전주에 있는 콜라 회사에 입사하여 전무 자리까지 승진하였다. 나는 독일 광부로 가서 오랫동안 헤어져 있다가 만나서 들은 이야기인데 그 회사에서 최고의 경영 임원으로 업적을 남기고 퇴임했다고 한다.

내가 독일에 광부로 갈 때 출국 준비물에 정장과 넥타이 구두가 포함되어 있었는데, 나는 돈이 없어서 구두를 맞추지 못했다. 그래서 승룡이가 고려대에 다닐 때 자취방으로 찾아가서 사정을 이야기했더니 헌 구두를 주었다. 승룡이의 단 한 켤레 구두였다. 그 구두도 뒤창이 다 닳아서 똑바로 걸을 수가 없었다. 지금은 나의 신발장에 구두가 20켤레도 더 있다. 60년 전 나의 삶과 현재의 삶이 이렇게 다르다.

승룡이는 중고등학생 때와 마찬가지로 성실하게 생활하고 있다. 건강관리에 힘쓰고 교회도 열심히 다닌다. 지금도 친구 승룡이를 만나면 아주 행복하다. 승룡이의 몰입과 일에 대한 집념은 내가 본받을 만하다.

전주에서 잘 지내고 있지? 1년에 2번 만나서 학창시절 이야기를 할 때가 참 좋아. 딸들이 참 미인이야. 다들 행복하게 잘 살고 있어서 마음이 푸근해지네.

사랑하는 딸들과 아들

3개월 만에 저세상에 간 큰딸 미숙이

자녀와 관련된 글을 쓰게 되면 할 이야기가 많다. 큰딸 미숙이는, 아버지는 공부하고 어머니는 돈을 버느라고 돌보지 못해 이 땅에 온 지 3개월 만에 저세상으로 갔다. 우리 부부는 평생 죄의식 속에 살았다. 우리 둘 다 집에만 있을 수 없어서 아기를 돌봐 줄 사람을 찾고 있었다. 내가 야간 직업학교 기숙사 교사로 일할 때 동료와 상의했더니, 자기 부인이 가정주부로 집에 있으니 봐 주겠다고 하여 갓난아기를 그 집에 맡겼다. 몇 주가 지난 후 나는 지도교수와 세미나에 참석하기 위해 해외에 나가 있었다. 그 사이에 딸이 사망한 것이다. 사망 원인은 우유를 먹이고 엎드려 재웠는데 토해서 숨이 막혀 질식한 것을 보모가 미처 발견하지 못한 것이다.

독일 사람들은 아기를 항상 엎드려 재운다. 병원과 경찰 측에 의해 사망 원인을 규명해야 장례식을 치를 수 있다며 경찰의 조사가 시작되었다. 부검까지 거론되었으나 우리 부부는 원하지 않았다. 결국 부검 없이 장례식을 치렀다. 아헨에서 한국 사람으로는 최초의 사망이라 교민은 물론 독일 지인들도 많이 알고 찾아와 같이 슬퍼했다. 부부는 충격에서 벗어나지 못했다. 그리하여 독일에 간 지 나는 8년, 아내는 9년 만인 1972년, 처음으로 고국으로 돌아왔다. 한국에 머무는 동안 친지들은 우리를 따뜻하게 위로해주었다.

박사학위를 따고 1979년 한국에 귀국했다가, 이후 독일을 방문할 기회가 생겨 딸의 묘지를 찾아가 보았는데 찾을 수가 없었다. 독일 공동묘지 관리규정에 따라 어린이 묘는 10년만 관리하고 없앤다고 했다.

미숙아, 아빠 엄마가 공부하느라 핏덩이였던 너를 제대로 돌보지 못했구나. 우리는 평생 죄의식을 가지고 살아왔다. 미안하다. 용서해주기 바란다.

둘째딸 미라

슬픔에 빠져 있던 우리 부부는 둘째딸 미라가 태어나서야 겨우 안정을 되찾았다. 그러나 기쁨도 잠시 나는 석사논문을 써야 하고 아내는 직장에 다녀야 했기 때문에 또다시 자녀를 돌봐줄 사람이 필요했다. 큰딸에게 받은 충격이 완전히 가시기 전이라 우리 부부가 직접 키우자고 했다. 그러나 현실은 녹록치 않았다. 처음 몇 번은 미라가 자는 사이에 침대에 혼자 두고 강의를 들으러 갔다. 집에 와보면 울다 지쳐서 잠이 들었을 때도 있고, 똥오줌이 범벅이 되어 침대가 다 젖어 있는 일도 있었다. 다른 방법을 모색했다. 한국에서 방문비자로 독일에 있는 남편을 만나러 온 부인이나, 언니 집에 와서 직장을 찾는 여인들을 우리 집에 와서 낮 동안만이라도 미라를 돌보게 했다. 아내의 적은 봉급으로는 경제적인 부담이 컸지만 딸을 위해서는 어쩔 수 없었다.

미라에게도 가슴 아픈 사건이 하나 있었다. 아내는 사회사업가로 외국인 노동자를 위해 천주교 계열 단체에서 일했다. 한번은 외국인들을 위한 세미나가 관광지 숲속에서 열렸다. 주말이라 미라도 데리고 갔다. 미라가 잠이 들어서 잠시 성인 침대에 눕혀두고 행사장에 갔다. 돌아와 보니 미라가 침대에서 떨어져 울고 있었다. 침대에 난간이 없었던 것을 미처 생각하지 못했던 것이다. 시멘트 바닥에 그대로 부딪쳐 앞니가 다 부러지고 얼굴은 피투성이가 되어 도저히 눈 뜨고 볼 수가 없었다. 이 또한 부모의 잘못이다. 그때 사고로 마흔이 넘은 딸은 지금도 이가 예쁘지 않다며, 그동안 교정에 많은 비용이 들었다고 한다.

미라가 세 살이 되어 어린이집에 가게 되자, 나도 마음 놓고 공부할 수 있었고 아내도 직장생활을 잘할 수 있었다. 한번은 아침에 너무 바빠서 밥을 못 먹이고 어린이집에 데려다준 적이 있었다. 퇴근하고 데리러 갔더니 어린이집 선생이, 미라가 아침에 배가 많이 고팠는지 다른 아이들에게 나누어줄 달걀까지 한꺼번에 10개를 먹었다는 것이다.

내가 강의가 늦게 끝나거나 아내가 먼 데 출장을 가면 미라를 데리러갈 시간에 늦곤 했다. 그런 날은 어린이집 선생들에게도 미안하고 미라도 기다리다 지쳤을까봐 가슴이 두근거리고 조바심이 났었다. 그러던 어느 날 아내가 서두르다가 차가 도로에서 몇 바퀴나 도는 대형 사고가 일어났다. 다행히 사람은 다치지 않았으나 차는 크게 수리를 해야만 했다. 독일은 안개가 많이 낀다. 아내가 여러 도시에 출장을 다닐 때마다 안개 때문에 고생을 많이 했다. 사고가 난 다음날에도 아내는 다른 차를 몰고 바로 일을 나가는 것이 아닌가. 그때 아내의 마음을 다시 이해하게 되었다. 사명감이 강하고, 또 어떤 문제든지 담담하게 대처해 나가는 아내의 모습을 보면서 한편으로 가슴이 아려왔다. 미라가 어린이집에서 자라던 몇 년간은 항상 마음이 조마조마했다.

지금 독일인들은 고사리를 먹지 않지만, 2차 대전 이후 워낙 먹을 것이 없을 때에는 식용했다고 한다. 독일에는 어느 숲에서나 굵고 연한 고사리가 많아서 한국 사람들은 횡재한 듯 즐기고, 말려서 한국으로도 많이 보냈다. 고사리를 끊다가 자연 파괴 죄목으로 경찰에게 조사를 받은 한국인도 있었다. 한국인들이 고사리를 삶아 말리는 냄새를 독일인들은 싫어했다. 우리 집도 방바닥에 고사리를 많이 말렸다. 어느 날 밤에 미라의 온 몸에 두드러기 증세가 나타났다. 겉으로도 피부가 울퉁불퉁하게 보일 정도로 아주 심했다. 우리는 너무 놀라 밤중에 미라를 데리고 종합병원에 갔는데, 이상하게도 병원에만 가면 증세가 사라졌다.

여러 차례 병원을 오고가는 일이 반복되자, 의사도 도와줄 수 없다고 그만 집으로 가라고 했다. 우리는 어쩔 수 없이 미라를 병원에 입원시키고 여러 가지 검사를 했으나 원인을 찾지 못했다. 의사가 집의 환경에 대해 묻기에 고사리 이야기를 했더니 아마 고사리 먼지가 원인일 수 있다고 했다. 집에 돌아와서 고사리를 전부 버리고 대청소를 했더니 미라의 두드러기가 없어졌다.

미라는 유난히 독서를 많이 했다. 책을 많이 읽으면 머리도 좋고 공부도 잘한다는 이론이 틀린 게 아니다. 좋은 대학도 나왔고 성적은 항상 우수한 편이었다. 사춘기 때는 수녀가 되고 싶다고 했다. 결혼도 안 하고 아버지하고 같이 살겠다더니, 대학원 다닐 때 남자친구를 데리고 와서 결혼을 선언했다. 지금은 딸, 아들을 두고 행복하게 잘살고 있다.

> 미라야, 장녀 역할 하느라 힘들지? 그래도 형제들과 잘 지내니 아빠 엄마는 행복하단다.

셋째딸 린다

내가 박사학위를 받았을 때 셋째딸 린다는 두 살이었다. 나는 학위 취득과 동시에 귀국하려고 마음을 굳혔다. 독일에 더 머물 수도 없었지만 더 살고 싶은 생각도 없었다. 그런데 아내는 나와 생각이 달랐다. 대부분의 한국 부인들은 독일에서 더 살기를 원한다. 특히 아내는 사회사업가로서 안정된 직장이 있었고 자신이 하는 일에 만족했기 때문에 더 머물기를 바랐다.

나는 학위 취득 후 임시로 귀국하여 여러 대학을 방문하며 교수 자리를 찾아다녔다. 독일에서 공부할 때 몇몇 대학 총장들을 모실 기회가 있어 그분들에게 먼저 조언을 구했다. 그런데 여러 사람들의 의견을 들어보니 고향의 대학을 권했다. 나 역시 고향에서 후배들을 위해 일하고 싶었다. 전북대에 임용을 약속받고 다시 독일에 들어가 아내에게 동의를 구했다. 아내도 한국으로 귀국하느냐 독일에 남느냐 하고 심각하게 고민을 했으나 쉽게 결론을 내리지 못했다. 아내가 직장을 그만두지 않은 상태에서 우리는 이삿짐을 싸서 한국으로 보내고 같이 일시 귀국을 했다. 아내는 혼자 독일에 다시 들어갔다가 두 달도 안 되어 독일 생활을 완전히 정리하고 귀국했다. 딸들이 보고 싶어서 견딜 수가 없었다고 한다.

독일에서 한국으로 오는 비행기 안에서 린다는 고생이 많았다. 두 살도 안 되어 비행기를 타니 기압에 적응을 못 해서 20시간이 넘는 비행시간 내내 내 품에서 울기만 했다. 내 어깨에 몇 차례 토하는 바람에 승객들에게 큰 불편을 주었다. 급유하느라 알래스카 공항에 착륙한 사이 화장실에서 간단히 씻고 면세점에서 옷을 사서 갈아입었다. 비행기가 이륙하자마자 김포에 도착할 때까지 린다는 다시 계속 울었다.

아내는 독일 생활을 정리하기 위해 두 달여 가 있는 동안, 린다와 나는 고생을 많이 했다. 딸아이는 엄마와 떨어져 있는 것을 알고 밤낮으로 울기만 했다. 밤만 되면 심하게 열이 나고 토했다. 내가 정성껏 돌봐주었지만 소용이 없었다. 밤 12시경에 들쳐 업고 병원에 가면 아무런 증상이 없었다. 미라가 알레르기로 독일 병원에 왔다갔다할 때와 비슷했다. 병원에 도착하면 조용하고 열도 없어졌다가 집에 오면 다시 열이 오르고 보챘다. 어린 린다에게는 엄마의 따뜻한 손길이 필요했다. 결국 아내는 아이들이 안타깝고 보고 싶어서 영구 귀국했다.

린다가 초등학교 다닐 때 담임선생이 린다의 뺨을 때린 일이 있었다. 우리 부부는 독일에서 아이들을 낳고 길렀기 때문에 비교적 자유로운 분위기에서 자녀교육을 했다. 학원에 보낼 돈도 없었지만 공부에 대하여도 린다가 하고 싶은 대로 하도록 했다. 학교생활과 여가시간도 편하게 지내도록 했으며, 특히 체벌은 절대 하지 않았다. 그런데 학교 담임선생에게 체벌을 당한 것이 린다에게는 큰 충격이었다. 딸아이는 그 후로 교사를 불신했고, 그것은 평생 잠재해 있는 듯하다.

그리고 학교 가기를 싫어했다. 학교에 대한 불신으로 이어져 성적도 떨어지고 공부에 대한 의욕도 사라졌다. 그 교사가 보기 싫어 학교를 안 간다고 하니 난감했다. 나는 교육학을 공부했고 교사를 양성하는 대학교수여서 고민도 많이 했다. 아내는 교육청에 이야기하여 교사를 처벌해야 한다고 야단이었다. 나는 일단 교장선생님에게 면담을 신청했다. 이야기를 듣고 보니, 그 교사는 원래 술을 많이 마시고 술 취한 상태에서도 교실에 들어가 수업을 한다는 것이다. 한국 교사의 질이 이 정도인가 하는 생각이 들었다. 더욱이 이 교사는 아이들을 상습적으로 체벌했다고 한다. 나는 체벌을 반대한다. 독일에서 교육학을 공부할 때에도 체벌은 해서는 안 된다고 배웠다. 귀국하여 한국에 최초로 교복과 두발 자율화, 그리고 체벌을 연구하여 교육부에서 일할 때 정책을 입안하기도 했다. 나 역시 선생 신분이었기 때문에 린다의 체벌 문제는 다른 조치 없이 그대로 덮고 마무리하기로 했다.

린다는 시집도 가고 좋은 공무원 신랑을 만나 아들 하나, 딸 둘을 낳고 행복하게 살고 있다. 지금도 건강이 아주 좋은 편은 아닌데, 어릴 때 고생을 많이 시켜서 그러나 하고 미안한 마음이 든다. 성격이 나를 닮아 급해서 가끔 부딪히기도 한다.

사랑하는 린다야, 너는 몸이 약해서 늘 아프니 부모는 걱정이 많구나. 항상 네 건강을 잘 돌보기를 바란다.

넷째딸 가비

넷째딸 가비는 유난히 사랑받기를 기대했는데 언니들이 많아서 소외감을 느낀 것 같다. 어릴 때 언니들에게 치어서 부모 사랑을 제대로 받지 못했다. 가비는 유난히 엄마나 아빠에게 안기고 싶어 하고 품안에서 오래 있기를 원했다. 그런데 나는 주중에는 대학에서, 주말에는 계몽사에서, 학교 강의가 없는 날에는 전국으로 강의를 다니느라 딸들과 함께할 시간이 없었다.

병원 직업을 선택하여 고생도 많이 했다. 그러나 자립심이 매우 강했고, 모든 문제를 스스로 해결하는 성격이었다. 생활이나 경제적인 면에도 그러했다. 돈은 꼭 필요한 데만 지출했다. 내성적이지만 속이 깊었다. 그런 딸이 자라서 시집을 갔다. 워낙 말이 없는 딸이라 은근히 걱정을 많이 했다. 그런데 좋은 신랑을 만나 잘살고 있어서 마음이 놓인다. 자녀들이 부모에게 한결같이 잘하지만 이 딸은 결혼한 뒤에도 부모에게 효도하고 있다.

한번은 우리 부부가 유럽 여행을 갔었다. 신혼인데도 불구하고 부모를 행복하게 해주기 위해 우리의 여행지에 몰래 뒤따라와서 합류했다. 그리고 부모가 일하고 살았던 곳을 꼭 모시고 다니며 보고 싶다고 하여, 고급 승용차를 빌려서 독일, 네덜란드, 벨기에를 같이 여행했다. 그런데 가비가 여행 중 계속 음식을 먹지 못했다. 나는 별 걱정을 다했는데 귀국 후 아내가 입덧이었다고 알려주어 안심했다. 부모가 청춘을 바친 독일을 부모와 함께 보고 싶다는 열망으로 함께 나서준 그 뜻이 고마웠다. 그것도 신혼에 임신을 한 몸으로 말이다. 다른 효행도 많이 있지만 부모 입장에서 보면 아무나 쉽게 할 수 없는 일이라고 생각한다. 이 효행을 다른 사람들에게 이야기했더니 많이들 부러워했다.

사돈어른과도 정서가 비슷해 자주 만난다. 그분들도 정말 정이 많으시다. 주말 농장을 하시는데 봄부터 가을까지 우리 집에

갖가지 채소를 보내주신다. 세상에 이렇게 사랑이 넘치는 사돈도 없을 것이다. 같이 여행도 다니고 식사도 하며 참 행복하게 지낸다. 우리 집 전자제품에 문제가 생기면 사위가 즉시 달려와서 해결해준다.

사랑하는 사위와 가비, 그리고 귀염둥이 손녀 예진이, 행복하게 살아라. 사돈어르신, 감사합니다.

막내아들 연택

막내아들 연택이는 내 뒤를 이어 꼭 대학교수가 되겠다는 직업의식과 삶의 목표를 가지고 있다. K대학에서 석·박사학위를 취득했고, 박사과정 중 해군사관학교 교수도 역임했다. 연택이의 전공 분야는 현재에도 그렇고 미래에도 각광받을 사회체육 분야이다. 아들은 전공 분야의 모든 자격증을 취득하고 스펙도 할 수 있는 한 찾아다니며 모두 쌓았다. 부지런하여 해당 연구논문도 누구보다 많이 썼다. 내 아들이지만 교육학자인 나는 아들의 성장과정을 가끔은 연구대상으로 바라보기도 한다. 아들을 상품에 비유하자면, 주저하지 않고 '최고 상품'이라고 자랑하고 싶을 정도이다. 참으로 성실하여 자신의 전공 분야에 최선을 다하여 연구하고 있다. 여러 곳에서 일할 기회가 있었지만, 교수가 되겠다는 일념으로 매진하고 있다. 이제 나이도 30대 중반을 넘어가고 있어서 좋은 혼처가 나타나고 또 대학에 자리 잡기를 기도하고 있다. 하기야 나도 39세에 박사학위를 받고 첫 대학교수 자리를 얻었으니 아직은 기다려볼 일이다. 나 역시 아들을 한마음 한뜻으로 응원하고 있다.

딸들과 아들아, 너희들은 항상 아버지가 성격이 급하다고 생각하겠지만 나는 평생 시간이 부족하게 살아왔단다. 성격이 급한 것만큼 일생 동안 열심히 일해왔단다. 아버지가 어떻게 살아왔는지는 이미 알고 있겠지만, 특히 이 책을 통해 더 이해할 수 있을 것이다. 그러나 나는 나름대로 이 세상에서 가장 모범적인 아버지가 되기 위해 노력했단다. 지금도 그렇게 살고 있는 것은 아버지의 생활 리듬을 보면 알 수 있을 것이다. 초등학교 다닐 때부터 현재까지 아버지의 생활 리듬은 변화가 없었다. 아버지의 모든 삶에서 흐트러진 모습을 한 번이라도 본 일이 있느냐? 너희들이 행복하게 사는 것을 보는 것만으로 나는 무한한 행복을 느낀다. 지금처럼 건강하게 잘들 살아가기 바란다. 언제까지나 사랑한다고 말하고 싶다.
너희들이 내 나이가 되면 아버지를 더 이해할 것이다. 너희들이 아버지를 평가하면 몇 점이나 될까?

사랑하는 조카들

형님은 아들 둘에 딸 셋을 두었다. 이들 형제들은 세상에 없는 형제애를 가지고 있다. 장조카가 대학에서 행정 업무를 수행해서 그런지 가족에 대한 리더십도 있다. 모든 형제들이 똘똘 뭉쳐서 가정의 애경사를 같이 풀어 나간다. 참 모범적이다.

먼저 부모에 대한 효심이 본받을 만하다. 부모들을 행복하게 해주기 위해 형제들이 회비를 모아서 여행, 생일잔치, 기타 애경사 등 모든 행사에 경비를 충당한다. 부모의 생일잔치에는 부모와 혈연관계가 있는 자손들은 증손주까지 전원 초대하여, 1박 2일간 같이 보내며 부모를 행복하게 해준다. 그리고 아들딸들이 부모를 모시고 자주 해외여행을 다닌다.

그런데 우리 조카들은 부모 생일잔치에 작은아버지인 나와 내 아내까지 항상 초대한다. 온 조카들이 진심으로 작은아버지와 어머니를 아끼고 환영해준다. 특히 감동적인 점은 조카 부인과 남편 들이다. 그들도 친조카 이상으로 우리 부부를 극진히 대해준다. 특히 장조카 부인은 음식을 잘해서 명절 때마다 수십 명씩 모여도 묵묵히 음식을 준비하여 먹이고 싸서 준다. 헌신적으로 부모와 작은아버지 가족 그리고 형제들에게 사랑을 베푼다.

더구나 장조카의 아들 부부는 작은할아버지인 내게까지 명절에 용돈을 준다. 선행은 대물림을 한다는 것을 실감한다. 장조카가 나에게 베푸니까 장손자도 보고 배운다. 핏줄이 같아서만은 아니다. 이렇게 부모형제와 자기 형제들 간에 서로 사랑하고 섬기는 모습은 존경할 만하다. 장조카의 리더십을 높이 평가한다. 그리고 작은아버지도 너희들이 있어 행복하다. 언제라도 너희들을 만나면 행복하고 즐겁다. 조카들아, 고맙다.

조카들아, 부모님 잘 모시기도 어려운데 작은아버지와 작은어머니인 우리들까지 항상 이런저런 행사에 초대해주어 감사하다. 자기 부모 모시기도 어려운 세상인데, 너희들처럼 형제간에 그리고 부모에게 잘하는 자녀들도 찾기 쉽지 않다. 너희들의 행복한 모임과 삶이 바로 모범이구나. 너희들 가정은 더 많은 복을 받을 것이다.

수녀 처형, 처남 가족과의 행복한 만남

아내에게는 독일에 사는 수녀 언니와 둘째언니, 남동생, 여동생이 있다. 그 가운데 둘째언니와 여동생은 지병으로 일찍 사망했다. 수녀인 처형은 꽤 독특한 성격을 가지고 있다. 오랫동안 독일에서 살아서 독일의 국민성과 수도원 생활의 엄격함이 몸에 배어 있다. 마치 성경에서 말하는 율법에 따라 살아가고 있는 듯하다. 처남은 평생을 주어진 환경에 따라 성실히 살고 있다. 매형인 나와 누나에게 형제애를 최대한 베풀고 있다. 처남 부인은 부지런하고 깔끔한 성격이다. 성당을 열심히 다니고 생활 관리에 철저하다. 운동을 열심히 하고 긍정적이며 자기 주도적으로 살아간다. 특히 음식을 아주 잘해서, 맛있는 음식이 먹고 싶으면 처남집으로 간다. 우리 집안에는 음식을 잘하는 사람이 셋 있다. 형수가 시집온 이후 우리 가족은 맛있는 음식을 먹기 시작했다. 큰조카 부인은 한식, 양식 구분 없이 음식 맛이 정갈하다. 그리고 처남 부인의 솜씨도 빼놓을 수 없으니 우리 가족의 복이다. 물론 아내의 솜씨도 좋다.

처남에게는 딸 둘과 아들 하나가 있다. 첫째 딸은 삼성에 근무하는 남편을 만났다. 남편은 삼성 유럽 지역 총괄 책임자로 독일 뮌헨에서 살고 있다. 이 조카 부부 또한 부모는 물론 고모와 고모부를 위하는 마음이 지극하다. 둘째 조카딸 부부는 싱가포르에 살고 있다. 역시 삼성건설에 근무하고 있다. 셋째 아들 역시 삼성에 근무하고 있다. 두 여조카 남편과 남조카도 삼성에 다니고 있다. 이 남조카도 부모에게 효심이 지극하다. 처남 부부는 어느 면에서나 남부럽지 않은 행복한 삶을 살고 있다. 우리나라에서 세계적인 기업에 세 자매가 일하는 경우도 매우 드문 일이다. 처남과 처남의 부인 그리고 조카들이 있어 나는 행복하다.

수녀님, 항상 모든 가족의 믿음만 걱정하시고 살고 계시지요? 처남과 처남댁 그리고 조카들, 부모에게 잘하고 고모부 가정에도 항상 베풀어주니 행복합니다. 삼촌 부부 세 자녀들이 세계적인 기업 삼성에 취직이 되어 얼마나 행복합니까?

누나 자녀들과의 행복한 만남

큰누나는 가난한 가정에 시집가서 어렵게 살았지만, 자녀들이 성공했다. 딸들과 아들 셋이 모두 잘살고 있다. 큰아들은 직장에서 간부까지 하고 중국에서 회사 대표로 근무도 했다. 외삼촌인 나처럼 살고 싶다고 직장생활을 하면서 박사학위를 받았고 퇴직 후에는 학자로 활동하고 있다. 둘째아들은 사업을 하여 경제적으로 성공했다. 특히 두 부부가 우리 부부에게 언제나 행복을 안겨준다. 셋째아들은 건축설계사로 성공했다. 이들 세 조카들은 나에게 항상 아낌없이 베풀어준다. 작은누나 자녀들도 큰누나 자녀들처럼 외삼촌에게 예의를 다하고 있다.

외조카들아, 외삼촌 부부에게 항상 진심으로 대하고 마음 편하게 해주니 행복하단다. 너희들 부모를 정성껏 섬기니 복 많이 받을 것이다. 그래서 너희들이 모두 행복한 것 같다.

2장

나를 나 되게 해준 인연

百年의 약속 결혼시계

시계는 동반자와 평생 멈춤 없이 동행한다는 상징이다. 새로운 삶의 시작, 사랑의 약속 시작, 희망의 시작이다. 만남, 약속, 인연의 시작을 의미한다. 시계가 멈추면 사랑과 생명도 멈춤을 의미한다. 결혼시계는 지금도 약속과 함께 가고 있다. (사진은 저자가 결혼 당시 마련한 시계)

독일 소녀 헬가

내가 근무하던 광산에는 한국에서 건너간 광부 외에 독일인 광부들도 함께 근무했다. 그들에게서 독일 문화도 배울 수 있고 언어도 공부할 수 있어서 좋았다. 독일인 광부 헬무트, 만프레트, 로타르는 외국인 노동자에게 관심이 많고 친절했다. 특히 동양에서 온 한국인을 좋아했다. 주말에 내가 광산 인근 기숙사에서 쉬고 있으면, 광산에서 약 30킬로미터 떨어진 에슈바일러(Eschweiler)에 살았던 이 독일 청년들은 나를 데리러 자동차를 몰고 왔다. 함께 자동차를 타고 독일은 물론 인근 나라들을 여행했다. 가끔 청년들의 가족들도 함께 만나곤 했다.

헬가(Helga)는 만프레트의 여동생이었다. 13세의 이 소녀는 오빠와 친한 외국인 노동자를 따뜻하게 대해줬다. 만프레트의 어머니는 나를 식사에 초대하고 가족처럼 정을 나눠주었다. 피를 나눈 형제도 아닌데, 독일인들은 나의 외로움을 달래주었다. 이들 덕분에 이국의 문화충격도, 고된 광산 일도, 향수도 이겨낼 수 있었다.

주말이 기다려졌다. 의지할 곳이 생겨서 큰 힘이 되었고 생활에 활력이 되었다. 내게는 독일어로 편지 쓸 곳이 있었고 대화할 수 있는 친구들이 생겨서 행복했다. 중학생인 헬가는 공부하느라 자주 만나지는 못했지만 편지를 통해 내게 독일어를 열심히 가르쳐주었다. 오누이처럼 지냈던 헬가와는 수십 년이 지난 지금도 가끔 편지를 주고받는다.

여건이 허락하지 않아 그동안 만날 수가 없었구나. 네 엽서를 보니 지금은 남독일에 살고 있구나. 우리가 세상을 떠나기 전에 한번 볼 수 있을지 아쉬움만 가득하다.

독일인 수양어머니 로즈마리

지금까지 살아온 길을 되돌아보면 참으로 많은 사람들과 만나고 인연을 맺었다. 하나의 만남은 연결고리가 되어 새로운 관계를 만들어주었고, 그 결과 막장 광부 출신이 대학교수가 될 수 있었다. 내가 독일에 남아 공부하고 대학교수가 될 수 있게 나의 운명을 바꿔준 가장 고맙고 중요한 또 한 분을 소개하겠다.

그분은 독일에서 만난 수양어머니 로즈마리(Rosmari) 부인이다. 독일 소녀 헬가를 통해 친구 아슈트리트(Astrid)를 알게 되었다. 헬가의 가족과 자주 만나면서 아슈트리트 가족도 소개받았다. 아슈트리트의 부모, 즉 로즈마리 부부와의 만남은 운명적이었다. 로즈마리 부부는 처음부터 나를 자식처럼 아껴주었다.

3년간의 광부생활을 끝내고 꿈에도 그리던 부모형제에게 돌아갈 준비를 했다. 독일 뒤셀도르프 공항으로 배웅을 나온 아슈트리트 가족에게 작별을 고했다. 그런데 로즈마리 부부는 독일에서 공부를 하라며 공항에서 반강제로 집으로 끌고 갔다. 내 꿈인 초등학교 교사가 되라는 것이었다. 나는 이미 한국에 짐도 돈도 모두 보내버렸기 때문에 가진 게 아무것도 없었다. 혹독한 제

2의 독일 생활이 시작되었다. 나는 불법 체류자였고, 숨어서 지내며 의식주를 당장 해결해야만 했다.

외국인이 독일에 체류할 수 있는 조건은 첫째 독일인과 결혼했거나, 둘째 병원에서 일하는 한국 간호사와 결혼했거나, 셋째 독일 대학 입학허가증이 있거나, 그리고 끝으로 취업한 경우였다. 나에게는 이 네 가지 조건 중 어느 한 가지에도 해당되지 않았다. 나를 도와줄 사람은 로즈마리 부부밖에 없었다. 나는 이분들을 수양부모로 불렀다.

당시 수양아버지는 나토(North Atlantic Treaty Organization, NATO) 군의 벨기에 군수물자 공급회사에서 간부로 일했다. 총책임자는 벨기에군 장군이었다. 수양아버지는 회사 책임자에게 사정을 해서 내가 비정규직으로 일할 수 있게 힘써주었다. 그러나 장기 체류할 수 있는 조건은 아니었다. 결혼 외에 다른 방법은 대학 입학뿐이었는데 내게는 가장 어려운 방법이었다. 어려서부터 나의 꿈이 초등 교사라고 이야기했더니 수양어머니는 아헨(Aachen) 사범대학 학장과의 면담을 주선해주었다.

이 대학은 공립 사범대학이라 외국인 학생의 입학은 원칙적으로 불가능했다. 졸업 후 독일 학교에 반드시 교직공무원으로 근무해야 했기 때문이다. 하지만 학장은 내 딱한 사정을 듣고는 입학 가능성을 연구해보겠으니 우선 입학 관련 서류를 만들어 오라고 했다. 광산에서 일하면서 펜팔로 알게 된 한국의 초등학교 선생님에게 부탁을 했다. (그분은 후에 교장선생님으로 퇴임하시고 지금까지도 내가 형님으로 모시며 가깝게 지내고 있다.) 그분의 도움으로 어렵게 입학 관련 서류를 준비하여 대학에 제출했다.

마음을 졸이며 결과를 기다렸는데 다행히 입학허가 통지가 나왔다. 꿈만 같고 소설 같은 일이 일어났다. 독일에서 공립 대학이 설립된 이래 외국인에게 최초로 입학허가를 해준 것이다. 기적이었고 하늘이 내린 특별한 기회였다. 이것은 나에게 꿈이 현실이 된 순간이었다.

이제 의식주 문제를 해결할 차례였다. 귀국하려고 모든 짐과 돈을 한국으로 보내고 남은 것은 알몸과 입고 있는 옷 한 벌뿐이었다. 독일 친구들에게 얻어 입은 옷은 너무 컸다. 알거지나 마찬가지였기 때문에 몸도 마음도 초라한데 커다란 옷들이 나를 더욱 초라하게 했다. 하지만 이러한 옷이라도 있어 감사할 뿐이었다. 로즈마리 부인 집의 옥탑방에서 임시로 지내기로 했다. 아르바이트를 하며 빵과 우유를 사 먹었지만, 그마저도 돈이 부족해 굶는 날이 더 많았다. 노숙자는 아니었지만 크게 다를 바가 없었다.

대학 입학 후 이집 저집을 전전했고, 생활비를 버느라 강의를 제대로 들을 시간이 없었다. 더러 강의실에 앉아 있기는 했지만 고민이 많아 아무것도 들리지 않았다. 물론 강의 내용도 이해 못 하니 더욱 들리지 않았다. 총체적인 난국이었다. 각고의 노력 끝에 대학을 졸업하고 박사학위까지 마칠 수 있었던 것은 기적과 다름없다. 지금의 내가 될 수 있도록 운명을 바꾸어준 로즈마리 수양부모에게 지금도 늘 감사하며 살아가고 있다.

지금까지 살아오면서 많은 사람들을 만났고 많은 인연을 맺었지만 내 의도와는 전혀 상관없이 헤어지는 경우도 있었다. 운명적인 만남으로 많은 도움을 받은 어머니, 잊어서는 안 되는 어머니인데 나는 사람 노릇을 하지 못하고 살고 있다. 독일에 계속 살았더라면 은혜에 보답했을 것이다. 그러나 한국에 돌아오면서 더 이상 만나지 못했다. 아슈트리트의 생사도 알지 못한다. 다시 독일을 방문했을 때 여러 방법으로 찾아보았으나 소식을 알 수 없어 마음이 무거웠다. 돌아가신 영혼 앞에라도 바치고 싶은 마음으로 이 책을 한 자 한 자 쓰고 있다.

> 헤어진 뒤 한 번도 만날 기회가 주어지지 않아 정말 아쉬웠습니다. 나를 도와주셨던 때에 이미 60세가 넘었으니 지금은 하늘나라에 계시겠지요? 이 책은 그대에게 못 다한 한을 풀고 회개하는 마음으로 썼습니다.

두 번째 수양어머니 샹크

로즈마리 부인 집에서 아헨대학까지는 40킬로미터나 떨어져 있어서 오가는 일이 힘들었다. 공부와 아르바이트를 병행하며 기차 통학을 하기에는 신체적, 정신적, 경제적으로 모두 큰 부담이 되었다. 마치 치열한 전쟁을 하는 것과도 같았다. 더 이상 버티기 힘들 정도로 한계상황에 와 있던 나는, 광산에 근무할 때 동료 광부의 소개로 알게 된 샹크(Schank) 부인을 떠올렸다. 샹크 부인은 아르바이트 하는 직장에서 가까운 곳에 살고 있었다. 그녀는 헝가리에서 독일로 이민 온 여성이었는데 독일인 남편을 만나 정착했다. 남편은 2차 세계대전 때 참전했었고 병원에서 간병인으로 일했다. 그들에게는 21살 마리아, 14살 카틴카 두 딸이 있었는데, 큰딸은 병원에서 간호사로 일했고 둘째딸은 중학생이었다.

나는 체면이고 뭐고 생각할 여유가 없었다. 사람이 위기에 처하면 다른 사람도 그렇게 되는지 알고 싶다. 하루하루 살아가는 것이 마지막 날인 것처럼 여기고 오직 살아남아야 한다는 생각 말고는 아무것도 없던 터라 얼굴에 철판을 깔고 샹크 부인을 찾아갔다.

내 사정을 듣더니 샹크 부인은 자신의 집에 머물 것을 권유했다. 부인의 집도 넉넉한 형편은 아니었다. 살림은 아주 검소하여 침실 하나에 작은 거실과 부엌방이 딸려 있었다. 샹크 씨 부부는 침실에서 자고, 딸들은 거실에 벽침대를 두고 생활했기 때문에 외부인이 끼어들 공간은 없었다. 게다가 유럽인도 아닌 동양인 광부 출신 외국인 노동자와 함께 생활한다는 것은 누구도 이해하기 힘든 상황이었다. 그럼에도 불구하고 샹크 부인 가족은 나를 가슴 따뜻하게 맞아주었다.

나는 짐이랄 것도 없었지만 몇몇 옷가지와 책을 싸서 샹크 부인 집으로 옮겼다. 로즈마리 부인은 내가 떠나는 것을 내내 서운해했다. 학교와 일터를 오가며 지친 몸으로 샹크 부인 집에 가면 그녀는 반갑게 안아주고 헝가리 식의 맛있는 음식을 많이 해주었다. 헝가리 음식이 한국 음식처럼 고추도 많이 들어가고 또 부인이 워낙 음식 솜씨가 좋아서 행복한 식사를 했다.

그러나 다 큰 딸 둘이 외국인 노동자 출신 남자와 좁은 공간에서 하나의 화장실과 샤워실을 사용한다는 것은 매우 불편한 일이었다. 나는 부엌방에서, 두 딸은 거실에서 자는데 공간이 좁아서 옷 갈아입기에도 매우 어려웠다. 두 딸들이 잠옷을 갈아입으려면 화장실과 안방을 전전하며 어쩔 줄을 몰라 했다. 샹크 부인 가족에게 여간 불편을 주는 것이 아니어서, 한 달쯤 지나자 나는 결단을 내려야 했다.

아무리 돈이 없어도 어쨌든 당장 이 집에서 나와야 한다고 결심하고 아주 낡은 건물에 방 한 칸을 얻어 이사를 했다. 가장 싼 방이었기에 난방도 되지 않았다. 샹크 부인이 낡은 이불을 주었지만 난방이 되지 않는 독일 집의 겨울은 지옥이었다. 동상에 걸려 얼어 죽을 것 같은 고통을 겪었다. 그러나 좋은 방을 얻을 돈도 없었고, 샹크 부인 집에서 밥만이라도 계속 얻어먹어야 했기 때문에 거리가 먼 곳으로 이사할 수도 없었다.

지금 한국에는 약 300만 명의 외국인 노동자들이 살고 있다. 과연 나는, 그리고 우리 가족은 외국인 노동자를 우리 집에서 같이 지내게 할 수 있을까? 아마 아내도, 자녀들도 허용 안 할 것이다. 우리 가정이 부정적이면 우리 국민 중에 누가 샹크 부인처럼 외국인 노동자를 가족처럼 맞이할 수 있을까 하고 질문해본다. 매스컴에서 한국에 와 있는 외국인 노동자들을 구타하고, 임금을 착취한다는 뉴스를 보면서 과거 나의 삶이 떠올라 안타깝기만 하다.

지금 내가 봉사하고 있는 기관인 ADRF도 매일 외국인을 상대로 일을 한다. 샹크 부인처럼 우리가 베풀고 사랑을 실천하고 있느냐라고 질문해보지만, 그렇지 못하다는 결론뿐이다. 다만 그렇게 살아보려고 최선을 다하고 있는 것은 사실이다.

짧은 한 달간 같이 살았지만 식사는 몇 개월 얻어먹었다. 1969년에 60세가 넘었으니 지금까지 살아계실 수는 없을 것이다. 그 후 독일에 갈 때마다 샹크 부부가 살았던 곳을 찾아보고 시청에 가서 이름도 열람해보았지만 찾을 길이 없었다. 독일의 첫 번째 수양엄마 로즈마리 부인 가정도 그렇고 둘째 수양엄마 샹크 부인 가정도 소위 우리나라 개념으로 다문화 가정이다. 2차대전 후 독일에는 다문화 가정이 많아졌다. 이분들이 외국인 노동자를 대하는 정서는 우리와는 아주 다르다. 다른 광부 동료들도 독일 다문화 가정에서 3년 광산 근무기간 중 완전 무료로 의식주를 해결하기도 했다. 어느 나라 어느 국민이 이렇게 따뜻한 가슴을 가질 수 있겠는가 질문해본다. 나도 외국 노동자 출신이지만, 이것은 누구나 쉽게 하기 어려운 미덕이다.

샹크 엄마와 아버지, 두 딸들, 감사했어요. 한 달간 모든 불편을 무릅쓰고 인류애를 베풀어주신 샹크 가족에게 깊은 감사를 드립니다.

나의 스승 프란츠 푀겔러

나의 스승인 프란츠 푀겔러(Franz Poeggeler) 교수는 독일뿐 아니라 세계적인 학자로서, 성인교육과 청소년교육학의 창시자 중 한 분이다. 21세에 최연소 교육학 박사학위를 취득했고, 27세에 철학 박사학위를 취득했다. 독일 유스호스텔 총재직도 오래 맡았고 한국에 유스호스텔을 도입하는 데에도 크게 기여했다. 영어는 물론 프랑스어와 러시아어 등 외국어에도 탁월했다.

푀겔러 교수를 만나지 못했으면 오늘날 나는 학자의 길을 걸을 수 없었을 것이다. 로즈마리 부인의 반강요에 의해 공부를 시작하지 않았더라면 푀겔러 교수를 만나지 못했을 것이다. 내가 독일에서 맺은 인연은 무수하지만 최대의 인연은 스승과의 만남이다.

대학 입학의 첫째 목적이 공부가 아니고 독일 체류를 위한 방편이었기 때문에 준비된 학생은 아니었다. 그러나 한국에서부터 기회만 주어지면 대학에 들어가고 싶었고, 학문에 대한 꿈과 열망은 내가 어느 곳에 있든지 불타올랐기 때문에 체류 허가가 나오고 나서는 공부에 매진하려 했다.

입학은 했지만 막상 공부를 하려니 앞이 캄캄했다. 광산에서 일하며 땅 속에서 틈틈이 독일어 문법책을 보고 공부하고, 주말마다 독일어 교사에게서 배운 독일어가 도움이 되었지만, 독일 광부들과 어울려 배운 말로 학문을 한다는 것은 어불성설이었다. 더구나 국립 사범대학에 외국인 학생은 나 혼자였다. 공부보다는 정서적, 심리적, 신체적으로 불안과 공포가 앞섰다. 강의실 안에서는 마치 내가 무슨 동물원의 미운 오리 새끼 같은 느낌이어서 좌불안석이었다. 강의 내용을 전혀 알아들을 수 없어서 머리가 터질 것 같았다. 일주일에 3일은 아르바이트를 해서 생계를 유지하려니 강의를 쫓아가기가 힘들었다.

지도교수의 첫 숙제는 자기소개서였다. 한국말로도 한 번도 써본 일이 없었는데 독일어로 쓰자니 한 줄도 진전이 없었다. 독일 학생의 도움을 받아 A4 용지 반장을 겨우 써서 제출했는데 바로 다시 쓰라는 지시를 받았다. 자기소개서 쓰기가 가장 쉬운데, 반장밖에 못 쓰는 사람이 어떻게 독일 대학에서 공부하겠냐고 야단을 쳤다. 여러 차례 숙제를 지적받아 고치다보니 A4 용지 10매 정도까지 쓸 수 있을 정도로 단련이 되었다.

하지만 시험을 보면 '탈락'이라는 평가를 받았다. 나의 고민은 더욱 깊어만 갔다. '그래, 내가 세계에서 공부하기 가장 어렵다는 독일 대학에서 무슨 공부냐, 무모한 욕심이다' 하고 포기하고, 교수에게 가서 한국에 돌아가야겠다고 말씀드렸다. 그랬더니 푀겔러 교수는 시험성적 평가 때와는 달리 따뜻하게 위로하며 고비를 참고 견디라고 격려해주셨다.

"권 군은 독일 공부와 문화에 적응해야 합니다. 당신은 지금 호수 한가운데 있다고 생각하십시오. 헤엄쳐서 밖으로 나올 것인지 그대로 죽을 것인지 판단하세요."

이와 유사한 충고는 공부가 끝날 때까지 계속되었다. 세미나 보고서를 발표하고 나면 한국식 공부 방법은 안 된다고 하시며 스터디그룹에 들어가서 독일 학생들과 같이 공부하라고 그룹 참여도 도와주셨다. 2학기 수강을 하고 아르바이트로 번 돈이 있어서 대학을 휴학하고 괴테 학원에서 독일어 공부를 했다. 대학 내 독일어 초급, 중급, 상급반 과정도 거쳐야 했다.

그래도 독일어가 어려워 거의 매일 눈물과 함께 2~3년간을 보냈다. 한때는 우울증에 걸려 자살도 여러 번 생각해 보았다. 그리고 피곤하고 힘이 들 때마다 화장실에 혼자 들어가서 앉아 자거나 한없이 울기도 했다. 화장실이 나만의 유일한 휴식공간이었다. 공부에 대한 재미는 3년이 지나서부터 생겼다. 점점 귀가 열리고 입이 트이고 생각을 하게 되니 토론에 참여할 수 있게 된 것이다. 나는 대학 13년 동안 A학점은 하나도 없고 전부 C나 D학점이다. 심리학 분야는 여러 차례 시험을 통과하지 못해 교수로부터 이 전공만은 포기하라는 경고도 받았다. 독일 학생들의 도움이 없이 학위를 받는다는 것은, 특히 인문·사회과학 분야에서는 불가능하다고 감히 말하고 싶다. 어려운 과정이었지만 지도교수와 친구들의 도움으로 13년간 대학생활을 무사히 마무리하고 박사학위를 취득했다. 학사만 마치고 귀국하려 했으나 지도교수의 권유로 석·박사과정을 계속 공부했다. 지도교수가 끝까지 이끌어준 덕분이다. 1979년 봄, 3시간의 박사학위 구두 시험을 통과하여 드디어 교육학 박사학위를 취득했다.

내가 독일 생활을 마치고 한국에 돌아온 뒤에도 푀겔러 교수의 지도는 계속되었다. 스승의 도움으로 독일 정부의 초대를 받아 독일에 여러 차례 연구조사차 방문도 했었다. 우리나라 평생교육법과 청소년기본법 제정에 필요한 자료 등도 아낌없이 제공해주었다. 제자가 한국에서 왕성하게 활동하는 것을 보고 몹시 기뻐했다. 또한 푀겔러 교수는 한국에 세 차례나 초청되어 교육부, 대학, 텔레비전 등에서 특강도 하였다.

그와의 만남을 통해 공부하는 즐거움을 알았고, 그와의 만남을 통해 인간적인 따뜻한 만남과 사제 간의 관계를 이해하게 되었다. 나는 당시 한국에서 아무도 전공하지 않은 평생교육과 청소년학을 전공했다. 이 두 분야의 학문을 우리나라에 도입하는 데 기여했다고 자부하고 싶다. 석사학위 이상 공부하는 데에는 외국이든 우리나라든 할 것 없이 가장 중요한 요소가 좋은 지도교수를 만나는 것이다. 지도교수를 잘 만나면 학문의 절반 이상을 이루었다고 해도 과언이 아니다. 학위를 잘 받느냐 못 받느냐는 물론이고, 그 학문 분야의 이념과 철학, 비전 등을 제대로 탐구하고, 또 일생 동안 학문적, 물질적으로 행복한 삶을 살아가느냐 하는 문제와 밀접한 관계가 있다고까지 말할 수 있다. 학문의 연속성과 대물림이 그러하다.

독일 대학은 교수의 권한이 매우 크고, 지도교수의 역할도 지대하다. 지도교수가 사망하면 공부를 처음부터 다시 시작해야 한다. 즉, 자신의 전공 분야와 같은 지도교수를 찾아야 한다. 그래서 유명 교수를 찾아 여러 대학을 헤매는 경우도 있다. 지도교수를 찾았다고 해도 그 밑에서 몇 년이 지날 때까지 인정을 받지 못하면 다른 대학에 가서 지도교수를 찾아보라는 말을 듣는다. 이는 제자라고 할 수 없을 정도로 능력을 인정받지 못하게 된 경우이다. 이처럼 지도교수를 못 찾아 몇 년을 이 대학 저 대학을 기러기처럼 떠돌며 세월만 보내다가 공부도 못 하고 폐인이 되어 귀국하는 유학파 사례도 있다.

나와 같은 지역에서 공부한 한국 유학생도 지도교수가 교통사고로 사망하여 우울증에 걸려 병원에 입원까지 했다가, 결국은 귀국하여 한국에서 다시 공부한 유학생도 있다. 독일 대학은 석사와 박사 학위 받기가 전 세계에서 가장 까다로운 나라로 알려져 있다. 외국 유학생들 가운데에는 공부를 포기하고 독일 여자와 결혼한 학생, 북한 이념에 빠져 북한으로 넘어간 학생, 자살한 학생도 있다. 그래서 독일에서는 지도교수를 '박사아버지(Doktorvater)'라고 부른다. '학문의 아버지'라는 뜻으로, 대체로 일평생 존경하는 학문적, 정신적인 아버지라는 의미를 지닌다.

독일 사회에서 석사나 박사, 교수의 권위가 어느 정도인가는 일상생활에서도 충분히 체험했다. 전화번호부에는 석사와 박사라는 타이틀이 항상 같이 인쇄되어 있고, 전화를 받을 때도 석사 누구 또는 박사 누구라고 말한다. 그리고 석사와 박사 학위를 받은 사람은 문패에도 석사와 박사의 타이틀을 써서 부착한다.

나는 첫 학기 때부터 푀겔러 교수의 강의와 세미나는 하나도 빠짐없이 들었다. 교육학 중에서도 우리나라 대학에 전공자나 학과가 전혀 없는 평생교육과 청소년 분야를 푀겔러 교수가 강의했기 때문이다. 나는 푀겔러 교수의 뒤를 이어 한국에 돌아와서 학문의 개척자가 되고 싶었다.

독일 국민들은 시간관념이 철저하다. 교수들도 학생들보다 먼저 강의실에 도착한다. 아헨교원대학 수천 명의 학생 중에 나 홀로 외국인이었기 때문에 눈에 띄기 싫어서 항상 교수보다 먼저 강의실에 도착했다. 푀겔러 교수에게는 특별한 강의 노트가 없었다. 칠판에 전공 분야 관련 단어를 하나 또는 둘 정도를 써놓고 그 단어를 중심으로 강의나 세미나를 진행했다. 교수가 말하는 시간은 가능한 한 짧게 하고 학생들이 발표와 토론을 많이 하도록 수업을 유도했다. 학생들이 미리 준비해 온 과제를 중심으로 발표가 진행되었다.

푀겔러 교수는 학기 중이나 방학 때를 불문하고 독일과 유럽 여러 나라를 순회하며 워크숍에 많이 참여했다. 덩달아 나도 평생교육과 청소년 관련 시설을 두루 찾아볼 수 있었다. 특히 평생교육의 창시 국가인 덴마크는 다른 나라에 비해 자주 갔었다.

가족끼리도 서로 초대하며 가족처럼 가깝게 지냈다. 푀겔러 교수의 가족들이 휴가를 떠날 때면 우리가 가서 집도 봐주었다. 다른 독일 가정도 검소하지만 지도교수의 검소함은 따라갈 수가 없었다. 돈도 많이 벌고 부자인데 가구나 가전제품, 가사도구 들을 보면 수십 년 된 것들이 대부분이었다. 닳고 닳아 고장나서 버리기 직전까지 오래오래 썼다. 최근까지도 다이얼 돌리는 전화기를 사용했다. 우리 부부는 지금도 독일 방문 때마다 푀겔러 교수 댁을 찾아가 같이 식사하며 담소를 나눈다. 푀겔러 교수에게 박사학위를 받은 한국인은 모두 5명이다.

퍼겔러 교수님, 법대로 사는 나라 독일에서 대학교수셨는데 저 때문에 원칙을 어기고 불가능을 가능케 해주신 교수님께 어떻게 감사를 표해야 할까요? 교수님이 입학허가를 해주셔서 공부할 수 있었고 박사학위를 받아서 이렇게 떳떳한 제자가 되었습니다. 휴가 떠나실 때 교수님 댁에 와서 지내라고 하셨는데, 침대가 수십 년 된 거라 허리가 많이 아팠어요. 결국 다이얼 돌리는 전화기를 바꾸지 않으신 채 고인이 되셨네요. 사모님이 주시는 커피와 케이크는 항상 맛있었어요. 고인이 된 교수님 무덤 앞에서 사모님이 "당신이 사랑하는 한국 제자가 왔어요" 하고 말씀해주실 때 가슴이 뭉클했어요.

두 번째 지도교수 에르거

나의 스승 에르거(Erger)는 두 번째 지도교수이다. 잊지 못할 독일 교수님들이 많지만 여기서는 한 분만 더 소개한다. (특히 교사양성 과정은 반드시 복수전공을 해야 한다.)

대학 입학 후 4학기를 마칠 즈음, 정치학과 에르거 교수가 학장을 맡게 되었다. 내가 학비가 없어 쩔쩔맬 때 도서관에서 아르바이트를 하도록 기회를 주어, 더 이상 벨기에 군부대에는 나가지 않아도 됐었다. 아르바이트, 더러는 호텔 야간근무도 하며 강의를 듣자니 신체적으로 매우 힘들었는데, 도서관에서 일하니 여간 편하고 행복한 게 아니었다. 일하며 돈도 벌고 책을 보며 공부도 하니 일석이조였다.

에르거 교수 부부는 우리를 가족처럼 명절 때마다 초대해주었다. 특히 내가 결혼할 때, 두 자녀가 화동이 되어 꽃바구니와 촛불을 들고 신랑신부 앞에 걸어가도록 허락해주었다. 그런데 성당 입장 때 바람이 불어 촛농이 손등에 떨어졌는데도 책임감이 강한 두 아이는 초를 계속 들고 있었다. 그 바람에 화상을 입어 물집이 생겼다. 나중에 그 이야기를 듣고 기특하면서도 얼마나 가슴이 아팠는지 모른다. 에르거 교수 역시 천주교 신자로서 나에게 베풀어준 인간애가 지극했다. 우리 부부는 독일 방문 때마다 에르거 교수 댁을 방문한다.

여러 독일의 교수님들, 광부 출신의 외국인 노동자에게 꿈만 같이 불가능했던 일을 이루게 해주셔서 감사합니다. 세상에 없는 행복을 누리고 지금 이 나이가 되어 이 책으로 감사의 마음을 표합니다.

• 어리석은 사람은 인연을 만나도 몰라보고, 보통 사람은 인연인 줄 알면서도 놓치고, 현명한 사람은 옷깃만 스쳐도 인연을 살려낸다. —피천득

형제와 같았던 독일인 하크 박사

사촌 처형 백성희는 독일인 정형외과 의사인 하크(Haack) 씨와 결혼했다. 1971년 우리 부부와 우연히 같은 해 결혼식을 올리고 아헨에서 우리 부부와 같이 살았다. 처형은 아내와 함께 1963년 독일에 간호학생으로 유학을 갔다. 간호학교를 졸업하여 간호사 자격을 취득하고 병원에 근무했다. 학생 시절 병원 실습기간에 독일 예비의사 하크를 만났다. 나는 아내와 연애 중 처형과 하크 의사를 소개받았다.

내가 석·박사과정을 밟을 때 하크 박사도 공부하고 결혼을 하여 생활환경도 비슷했다. 아헨의 대학병원에서 인턴과정을 마쳐야 했기 때문에 우리 동네로 이사를 왔다. 처형 부부와 우리 부부는 공동으로 농가에 있는 전원주택을 전세로 얻어 처형 가족은 아래층에, 우리 부부는 위층에서 같이 살았다.

아헨은 네덜란드와 벨기에, 독일 3국의 국경선 근처에서 2킬로미터 남짓 떨어진 곳이다. 네덜란드는 독일보다 과일과 생선값이 저렴해서 주로 자전거를 타고 네덜란드로 건너가서 시장을 봐오기도 했다. 1970년대 3국 간 국경선은 우리나라 남북 간의 국경선과는 아주 다르다. 주민등록증만 있으면 3국 간 왕래가 가능해서 하루에도 몇 번씩 국경선을 넘나들 수 있다. 독일과 네덜란드, 벨기에 3국의 국경지역 숲은 산책길도 잘 조성되어 있다. 우리나라 비무장지대의 철조망, 군사분계선과는 너무 대조적이어서 부럽기도 했다. 우리나라는 언제 통일이 되어 자유로이 남북을 오가며 여행할 수 있을까, 하는 생각을 자주 했다.

한국 농촌과 같이 주택 인근에는 보리밭과 밀밭이 펼쳐져 있고 종달새 소리가 귀를 즐겁게 해주었다. 고향 생각, 부모형제 생각이 나면 자주 밀밭 사이를 걷으며 종달새와 친구가 되었다. 결혼은 마음에 평온을 가져왔고, 특히 내 평생 처음으로 경제적인 안정을 찾아 학업에만 전념할 수 있는 최초의 시간들이었다. 처형 부부와 같이 살면서 더 없는 행복을 누렸다. 그 집에서 사는 동안 석사학위를 받고 박사과정에 들어갔다. 아내는 아헨에서 사회복지사로 외국인 담당 업무를 맡았다.

첫딸 미숙이를 잃는 아픔을 겪었을 때, 처형 부부는 친형제자매 이상으로 우리를 위로해주었다. 함께 살게 되니 처형 부부가 얼마나 사랑이 많은 사람들인지 알게 되었다. 독일 하크 형님은 동양인보다 더 감정이 풍부하고 다른 사람에 대한 배려와 사랑은 글과 말로는 다 표현할 수 없을 정도였다.

내가 독일에서 16년 살았지만 독일 사람에 대해서 안다고 할 수 없었는데, 처형 부부와 함께 살고 매일매일 가까이서 생활양식과 가치관, 인생관을 관찰하면서 독일 사람들의 참모습을 이해하게 되었다. 하크 박사의 성실성과 학구적인 열성, 실천성 등은 본받을 바가 많았다. 대학교수와 대부분의 직업인들에게서 공통적으로 발견할 수 있는 점은 가정마다 자기 직업과는 관계없는 종류의 공작 작업실을 갖고 있다는 것이다. 하크 박사도 병원에서 진료가 끝나면 집에 와서 목공일이나 정원일에 몰두했다. 그는 퇴근 후의 시간을 이용하여 집에 있는 많은 가구와 가재도구를 직접 만들었다. 이론과 실천이 일치하는 삶이었다. 독일에서는 모든 학교 교육과정이 실천을 전제로 교육이 이루어진다. 이론과 실제를 병행하는 교육이다.

3년간 박사학위 논문을 준비하면서 하크 박사에게 많은 도움을 받았다. 한국어로 논문을 쓰는 것도 보통일이 아닌데, 하물며 독일어로 쓰려니 여간 어렵지 않았다. 13년간의 다사다난했던 나의 학업생활이 마무리되고 있었다. 하크 박사는 자신이 의학박사이지만 한국에 대한 역사, 문화와 교육을 많이 공부해서 도울 수 있다고 했다. 석사학위 논문을 쓸 때도 대화를 많이 나누어서 한국인의 정서와 생각을 잘 알고 있었다.

그런데 문제는 하크 박사가 자신의 공부과정이 끝나고 다른 도시로 발령이 난 것이다. 나는 주말마다 하크 박사 집으로 찾아가서 독일어 논문 교정과 보완 도움을 받을 수밖에 없었다. 매주 금요일 오후에 아내와 나는 각자 일을 마치고 한국 음식을 준비해서 아헨에서 약 300킬로미터나 떨어진 림부르크(Limburg)까지 하크 박사의 집으로 달려가곤 했다. 특히 겨울철 눈이 쌓인

고속도로를 여러 번 다녔는데 미끄러워 사고 위험도 많이 겪었다. 아내는 사촌 처형과 함께 맛있는 밥을 준비하거나 또는 조카인 코리나를 유모차에 태워 이리저리 끌고 다녔다. 그 사이에 하크 박사와 나는 논문을 보완했다. 하크 박사는 하루 종일 병원일로 피곤한데도 불구하고 더러는 졸면서까지 독일어 교정을 도와주었다. 처형 부부의 은혜는 내 가슴에 영원히 간직하고 살아갈 것이다.

우리 가족이 한국으로 돌아온 후 두 가족은 매년 함께 여행을 하기로 약속했다. 한국과 독일을 교대로 방문하여 한국, 독일과 유럽 여러 나라를 여행하기로 했다. 매년 여행할 곳을 서로 연구하여 하크는 우리를 위해 그리고 나는 한국의 명소 관광지를 조사하여 10여 년간 즐겁게 여행을 했다. 캠핑카를 렌트하여 노르웨이나 남프랑스 등을 차 안에서 같이 잠도 자고 야외에서 음식도 만들어 먹고 더러는 호텔에서 자기도 하며 원 없이 여행을 했다. 독일 사람이라도 성격도 비슷하고 취향도 같고 음식도 별로 가리지 않고, 와인과 맥주를 즐기는 것도 공통점이 많아 어떠한 갈등도 없이 행복하게 지냈다.

그런데 2015년, 갑자기 암이 발병하여 몇 개월 사이에 하크 박사가 사망했다. 양 가정은 고통스러울 정도로 슬펐다. 정말 믿을 수 없는 사별이다. 허망했다. 아직 젊은 나이인 70대 초반인데 나를 아낌없이 도와주었고 멋진 삶을 같이 살아왔는데 그렇게 우리 곁을 영원히 떠나버렸다. 나는 어머니가 돌아가셨을 때 가장 슬펐고, 그다음이 하크 박사의 사망 때이다. 매년 만나던 아름다운 추억과 먼저 간 하크를 생각하면 슬픔이 나의 가슴을 떠나지 않는다. 하크 박사만 생각하면 언제나 눈물이 난다. 처형 혼자 한국을 방문하여 인천공항을 혼자 걸어나오는 모습을 보면서 서로 껴안고 눈물을 흘렸다. 처형 옆에 하크 박사도 같이 나온다는 착각을 하기도 했다. 지금은 독일에 가고 싶은 생각도 없어졌다. 독일에 가면 나의 슬픈 감정을 달랠 수 없기 때문이다. 항상 여가시간을 같이 보냈는데 지금은 외롭고 마음이 아파서 독일에 가지 못하고 있다. 하크 박사와의 옛 추억은 물론이고 같이할 사람이, 항상 같이했던 사람이 이 세상에 존재하지 않기 때문이다.

하크 박사는 한줌의 먼지가 되어 함부르크 항구에 뿌려졌다고 한다. 한국의 동해 바다에서 다시 만나자고 처형과 약속했다고 한다. 그래서 처형은 한국을 방문하면 동해 속초 바다를 방문하고 먼 바다 함부르크에서 남편의 영혼이 동해 바다까지 올 거라고 기대하며 눈물을 흘리곤 한다. 하크 박사는 자기가 죽으면 화장해서 독일 바다에 뿌려달라고 유언했다고 한다. 그 물이 한국 동해까지 갈 것이니 동해에서 만나자고 약속했다는 것이다. 그래서 처형이 한국을 방문하면 나는 처형과 함께 무조건 속초로 간다. 유난히 한국 음식을 좋아했던 하크 박사. 삼계탕, 불고기, 그리고 한국 소주를 차려놓고 추도하며 슬피 울기도 한다. 같이 할 수 없어 슬프다.

처형 부부만 생각하면 항상 눈물이 납니다. 가장 어려울 때 큰 도움을 주었고, 한집에 살면서 정을 나눴던 그대들이 보고 싶습니다. 국내외 아름다운 곳들을 함께 여행했던 추억들이 더 가슴을 아프게 합니다. 우리처럼 마음이 잘 맞았던 사람도 없을 겁니다. 마음이 한없이 착했던 그대들, 아낌없이 우리 부부에게 사랑을 주었던 그대들, 언제 만나도 행복했습니다. 지금은 볼 수 없는 당신을 마음으로 불러봅니다.

나의 처지를 헤아려준 김정길 교육관

내가 공부했던 아헨 대학은 원래 공대로 창설되었다. 독일만이 아니고 국제 사회에서 알아주는 명문 공대 중 하나이다. 미국의 MIT 공대와 버금가는 학교라고 학자들은 말한다. 지금은 사범대학이 공대에 흡수되어 인문사회 분야도 공부할 수 있게끔 바뀌었다. 우리나라 명문대 자연과학 계열 학생들이 가장 많이 유학을 갔던 대학 중 하나이다. 공대에는 외국인 학생들이 유난히 많았다. 이 대학 출신들이 한국 여러 대학에도 많이 재직하고 있다. 1960대에 우리나라 학생의 외국 유학은 권력층이나 부잣집 자녀들이 아니고는 불가능한 시대였다. 나는 독일 광부 출신에 가난뱅이 촌놈이다. 열등의식 때문에 감히 다른 유학생들 옆에 가기도 싫어했다. 한국에 있을 때 대학생들이라면 우러러보이고, 서울대와 연세대, 고려대가 하늘 같고 영웅처럼 보였다. 그런 의식이 내가 퇴임할 때까지 잠재하고 있었는지, 그래서 교원대에서 내 후임자로 서울대, 연세대, 고려대 출신을 뽑기도 하였다.

박사학위를 받고 귀국했지만 진로가 막막하기만 했다. 학연,

혈연, 지연이 지배하고 있는 우리 사회에서 나에겐 어느 것 하나도 맞는 조건이 없었다. 이러한 나의 딱한 사정을 이해하고 도와주려는 사람들이 많았다.

그 중 한 사람이 주독일 한국 대사관에 부임한 김정길 교육관이다. 귀국 후 교육부와 다른 중앙 부처에서 오직 국가만을 위해 사명감을 가지고 일한 철저한 모범 공무원이었다. 백석대 부총장도 역임했다. 대사관 직원들이나 한국에서 온 같은 대학 출신들도 많은데, 김정길 교육관은 나와 많은 대화를 나누었다. 나의 어려운 처지도 이해해주었다. 독일에 최초로 한글학교를 만들기 위해 대화한 것이 인연의 계기가 되었다. 교육학을 공부한 나와 한국 교육의 허와 실 또는 독일에 사는 2세들의 교육에 대해 토론을 많이 했다. 교육관이 집을 구해 이사하고 정리하는 것을 도와주기도 했다.

한국에 인맥이 없다고 한국 교육계와 대학 총장들이 독일 방문 손님으로 오시면 항상 연결해주며 나의 진로를 걱정해주신 교육관님, 자주 뵙지 못해 죄송합니다. 이 책이 나오면 찾아 뵙겠습니다.

임용의 기적, 전북대 심종섭 총장

김정길 교육관은 한국에서 교육과 관련하여 지인들이 독일을 방문하면 통역 겸 여행 안내차 나를 소개했다. 한국에 인맥이 없는 나를 도우려는 의도였다. 특히 여러 대학에서 총장들이 방문했을 때 통역자로 나를 소개했다. 전북대 심종섭 총장은 이때 만났다. 심 총장은 임업이 전공이었는데, 독일과 네덜란드 국경 부근의 아헨발트(Aachenwald)를 연구할 목적이어서 안내 겸 통역자로 내가 며칠간 수행했다. 다른 사립대학 총장들과도 좋은 인간관계를 형성했다. 매일 같이 있으니 자연스럽게 고향도 묻고 내 전공도 이야기하는 기회가 주어졌다. '평생교육과 청소년학교육'이라고 소개를 하면, 새로운 학문 분야이고 한국에서는 전공 학과가 없어서 대학 임용이 쉽지 않을 거라고들 했다.

전북대 심 총장이 아헨을 다녀간 후 기적이 일어났다. 전북대 교육학과에 교수 채용 공고가 나가니 서류를 제출하라는 소식이 왔던 것이다. 천운 외에는 달리 표현할 말이 없었다. 그런데 새로운 문제가 발생했다. 높고 두터운 장벽이 버티고 있었던 것이다. 교육학과에 교수들이 8명이 있었는데 1명 빼고 모두 서울대

사대 출신이었다. 그래서 서울대 사대 출신이 아니면 임용이 어려운 분위기였다. 그래도 심 총장은 무조건 서류를 접수하라고 했다. 나중에 알게 된 사실이지만 총장은 광부 출신이며 어려운 여건을 이기고 박사학위를 받은 데 대해 높이 평가하여 임용하겠다는 의지를 갖고 있었던 것이다. 서류 접수 후에도 학과에서는 반발이 심했다. 이러한 위기에서 나에게는 또 다른 천사가 있었다. 당시 학과장이던 한범숙 교수였다. 한 교수도 서울대 사대 출신이었지만 이분도 총장과 같은 생각을 하고 있었다. 그리하여 광부 출신 교수가 탄생한 것이다. 심 총장과 학과장의 도움이 없었으면 나는 임용될 수 없었다. 이때 나는 우리나라의 현실을 똑바로 알게 되었다.

당시 전북대에 교수가 600여 명 있었지만 나는 독일 박사로서는 최초로 임용된 경우였다. 대학에 따라 약간의 차이는 있겠지만 40여 년이 지난 지금도 대학들은 이러한 환경에서 크게 벗어나지 못하고 있다. 후대들을 위해 우리 대학이 수술해야 할 가장 시급한 분야이다. (임용 후 1년도 안 되어 교육부의 부름을 받아 파견 근무를 나갔고 3년 뒤에는 한국교원대학교로 자리를 옮겼다. 같은 대학 출신들 사이에서 따돌림당하는 것이 싫어서였다.)

이미 고인이 된 심 총장님, 저를 한국에서 첫 교수 자리를 시작하도록 기회를 주시어 감사합니다. 돌아가시기 전까지 같이 청소년운동을 함께하셨지요. 아주 멋진 총장님이셨습니다.

따뜻한 동료, 전북대 한범숙 교수

우여곡절 끝에 전북대 교육학과 교수가 되었지만 여전히 따돌림 속에서 생활했다. 냉랭한 분위기에서도 나를 굳건히 지켜준 분이 한범숙 교수이다. 매일 새벽에 학교에 출근하면 겨울에는 난로 앞에 둘이 앉아서 시국에 관해 토론을 많이 했다. 1980년 광주에서 5·18항쟁이 일어났을 때에도 한 교수와 나는 매일같이 이야기를 나눴다. 그해 초여름 독일 출장을 다녀왔더니 한 교수가 안기부에 잡혀 갔다는 소식을 들었다. 우리 가족들을 데리고 소나기가 내리는 날 안기부를 찾아갔다. 정문에서 보초병이 가로막았지만, 나는 한 교수를 만나게 해달라고 애원했다. 가족도 면회가 안 되는데 특히 동료 교수는 절대 금지라고 거절했다. 나는 물러서지 않고 보초병과 다투며 면회를 졸라댔다. 내가 고집을 부리니까 상관에게 전화로 보고를 하더니 한 교수와 전화 연결을 해주었다. 한 교수는 그냥 돌아가라고 했는데도 나는 고집을 꺾지 않고 끝까지 면회를 요청했다. 보초병이 상관에게 보고하여 허락이 났다. 대신, 가족은 밖에서 기다리고 나 혼자 들어가라는 것이었다. 내의와 치약 등을 가지고 건물로 들어갔는데 거기서도 면회는 안 되고 전화 통화만 할 수 있었다. 결론은 얼굴도 못 보고 귀가한 것이다.

다음날 대학에 출근했더니 총장실에서 급히 나를 호출했다. 그 자리에는 학생처장도 와 있었는데, 두 사람은 얼굴이 사색이 되어 나에게 호통을 쳤다. "권 교수! 교수직 그만두고 싶어요? 거기가 어디라고 감히 찾아갑니까? 가족도 면회가 안 되는 곳인데." 이렇게 살벌한 시대가 있었다.

나중에 안 사실이지만 안기부는 대단한 권력기관이라고 했다. 독일에서 온 지 몇 달 되지 않아서 아무것도 모른 채 면회를 간 것이었다. 얼마 후 한 교수는 풀려났고 모든 게 좋게 끝났다. 하기야 계엄령 때 학생과 교수 모두 학교에 출입 금지였는데도 나는 계엄군과 싸워가며 연구실에 드나들었었다. 그리고 학생들 데모대에도 같이 따라다니는 바람에 학교 당국으로부터 경고를 받기도 했다. 모르면 어쩔 수 없는 일이다.

한범숙 교수님, 외로운 나와 대화해주시고 교육학과 교수가 되도록 도와주셔서 감사합니다. 서울에 살고 계시는데 이 책 들고 찾아뵙겠습니다.

친형님 같은 남정걸 교수

1980년 학기 초 전북대에 출근했는데 심 총장이 나를 찾았다. 교육부 장관실에서 전화가 왔는데, 교육부로 오라는 특명이 내려왔다는 것이다. 나는 어리둥절했다. 외국 생활 16년에 교육부가 무엇을 하는 곳인지도 잘 몰랐고, 아무런 인맥도 없는데 왜 나를 장관실에서 부르는 걸까? 장관이 독일에서 신학교육학을 공부했다는 정도만 알고 있었다. 전북대 임용 뒤 나는 독일 광부 출신에 교육학과 청소년학을 공부했다는 자기소개서를 장관에게 보낸 게 전부였다. 아마 장관이 나의 편지를 읽어본 것이 틀림없었다. 교육부에 가보니, 교육부 정책자문위원을 구성하는데 나를 자문위원에 포함시키라는 장관의 지시가 있었다고 한다. 한 장의 편지가 나의 운명을 바꾸어준 것이다. 위원 임명장을 받는 날, 남정걸 교수, 최희선 교수와 최영희 교장을 만났다. 독일 사범대학에서 한국인 최초로 교육학 박사학위를 받은 사람이니 다른 검증절차 없이 부른 것이다.

그러나 실제 나는 16년간 독일에서 살았기 때문에 우리말도 어눌했고 글쓰기도 서툴렀다. 머리에 떠오르는 것을 제대로 표현하려니 답답하기만 했다. 나는 자존심을 내려놓고 한국어로 글쓰기를 도와줄 코칭 멘토를 물색했다. 이때 만나게 된 분이 단국대 남정걸 교수와 최운실 교수이다. 나는 떠오르는 정책 아이디어를 손끝이 가는 대로 편안하게 써내려갔다. 초안을 잡아 남정걸 교수에게 보여주고 조언해 달라고 허물없이 부탁했다. 남 교수는 친절하고 세밀하게 고쳐주었다. 내 글솜씨는 점점 향상되었다. 지금도 친형님 이상으로 가까이 지낸다. 지금이나 그때나 감사한 마음은 금할 수 없다.

> 남 교수님, 동생처럼 항상 저를 챙겨주셔서 이렇게 성장했습니다. 감사합니다. 정년퇴임한 교수 중에 교수님 교육학 책이 가장 많이 팔리고 후학들이 가장 많이 연구한다니 존경스럽습니다. 지금도 가끔 만나서 정담을 나누니 좋습니다. 건강하시기를 바랍니다.

글쓰기를 도와준 최운실 교수

교육부에 근무하고, 내 전공이 평생교육 및 청소년학이었기 때문에 외부에서 강의 의뢰가 많았다. 강의와 학회활동을 하기 위해서는 원고를 많이 써야 했는데, 전문적인 글은 더욱 쓸 자신이 없었다. 한국의 논문 작성체계도 낯설었고 맞춤법과 띄어쓰기 등이 엉망이었다. 내 글을 교정해줄 동료 학자를 구하는 게 급선무였다. 독일에 있는 나의 지도교수를 연구차 자주 방문했고 독일 학문에 대해 이해가 깊은 이화여대 이규환 교수를 만나서 나의 이러한 애로사항을 허심탄회하게 털어놓았다. 그리하여 당시 이화여대 평생교육전공 박사과정에 있던 최운실 교수를 소개받았다. 현재는 최 교수는 아주대 교수이다. 최 교수는 나의 학회 발표 논문과 대외적으로 발표하는 대부분의 글을 검토해주었다. 두 분은 내가 한국 사회에서 학문적으로 정착하도록 많은 도움을 주었고, 교육 관련 연구서들을 쓸 수 있도록 용기를 주었다. 교육부 일과 학회 활동이 점점 많아져서 결국은 이화여대 대학원생을 개인 조교를 두고 근본 문제를 해결했다. 독일에서 지낸 16년간의 생활은 나의 생각을 말과 글로 자유롭게 표현하는

데 많은 어려움을 주었다. 이런저런 도움과 노력을 통해 많이 향상되었지만 40여 년이 지난 지금도 만족할 만한 수준은 아니다.

최운실 교수와는 잊지 못할 사건이 있었다. 최 교수가 대학원 1학년 때, 프랑스 파리에서 유네스코가 개최하는 세계평생교육대회가 열렸다. 계명대 교수 한 분과 최 교수, 나 이렇게 셋이 참가하기로 했다. 최 교수는 대회 전날 벨기에에서 다른 회의가 있어 미리 출국했고 프랑스 드골 국제공항에서 만나기로 약속했다. 나는 약속대로 프랑스 공항에 도착하여 최 교수를 기다렸는데 약속시간이 한참 지나고 저녁이 되도록 나타나지 않았다. 최 교수는 처음으로 외국에 나왔는데 국제 고아가 된 줄 알고 하루 종일 걱정을 했다. 핸드폰이 없던 시절이니 무조건 기다리는 수밖에 없었다. 종일 공항방송을 통해 불러도 나타나지 않았고 공항 구석구석을 이 잡듯이 돌아봤지만 찾을 수 없었다. 프랑스어를 못 하니 회의 장소로 연락도 할 수 없었다. 밤이 다 되어 나는 공항에서 기다리는 것을 포기하고 택시를 타고 회의 장소로 향했다. 그런데 최 교수가 망연자실한 표정으로 밤 늦게 회의 장소에 나타난 것이다. 최 교수는 나를 보자마자 엉엉 울었다. 벨기에 교수가 친절히 승용차로 데려다준다고 해서 거절을 못 했는데, 초행길에 거리감각이 없었던 최 교수는 벨기에에서 파리까지 한두 시간이면 올 줄 알았던 것이다. 비행기 대신 자동차를 타고 오면서 하루 종일 마음 졸였을 최 교수를 생각하니 마음이 짠했다. 어쨌든 아무런 사고 없이 해피엔드로 끝난 사건이었다.

처음 만났을 때 대학원생이었는데 벌써 정년이 얼마 안 남았다니 세월이 무상합니다. 한국의 평생교육자로 성장한 교수님의 학자 생활도 성공적이었습니다. 최운실 교수님, 독일에서 돌아와 1년도 안 되어 교육부 일을 할 때, 내가 쓴 모든 글들을 다듬어주느라 수고했습니다. 두 가족이 많은 추억도 만들었었지요. 지금은 명실공히 대한민국의 대표 평생교육학자가 된 교수님, 축하합니다.

• 인간이 이 세상에서 사는 것은 별이 하늘에 있는 것과 같은 것이에요. 별들은 저마다 신에 의해 규정된 궤도에서 서로 만나고 또 헤어져야만 하는 존재예요. 그것을 거부하는 것은 무모한 짓이든지 그렇지 않으면 세상의 모든 질서를 파괴하는 것이에요. —M. 뮐러

고(故) 이규호 장관과의 만남

사람은 살아가다 보면 수많은 사람들을 만난다. 그 만남들은 흐르는 물이 아닌 돌에 새겨야 할 소중한 은혜이다. 고 이규호 장관과의 만남은 그런 인연 가운데 하나이다.

1964년 막장광부로 독일에 가서 1979년 교육학 박사학위를 받아 16년 만에 귀국했다. 교육학 박사학위를 받아 돌아왔지만, 동문 중심과 명문 대학 출신의 교수 채용이라는 대학 문화의 두꺼운 벽을 뚫고 대학교수가 된다는 것은 상상할 수 없이 어려웠다. 한국에 선후배도 없고 아무런 배경도 없는 나는 외톨이였다. 어려운 공부를 마치고 박사학위를 받았다는 기쁨이 사라지고 좌절과 열등감에 싸여 지냈다.

이보다 더 어려운 삶도 살아왔는데 이것쯤이야 하는 마음으로 용기를 내어 나아가자고 스스로 다짐했다. 지금까지 살아오면서 모진 고통을 이겨내고 스스로 자신감을 불어넣으며 살아온 내가 아니었던가. '이가 없으면 잇몸으로 살자' 며 용기를 북돋우고 막장 안에서도 '하면 된다' 는 신념으로 버텨왔던 세월이었다.

전북대 교수로 임용 6개월 만에 교육부 장관실의 평생교육과 청소년 분야 상임자문위원으로 자리를 옮기게 되었다. 평생교육과 청소년 분야를 전공한 사람이 전무후무하여 이 분야에 꼭 필요한 사람을 찾았는데, 마침 내가 운이 좋았다. 한 나라의 교육정책을 다루는 교육부에서 독일에서 공부한 전공을 맘껏 펼칠 수 있는 절호의 기회가 주어진 것이다. 교육부에서 일하면서 전국 모든 대학의 총장, 학교 설립자와 이사장, 각계각층의 교육계 인사들은 물론 평생교육, 청소년 기관의 모든 기관장들을 만날 수 있었다. 20년간의 외국 생활 탓에 한국에 네트워크가 전무했는데, 이것은 그것을 극복할 하늘이 준 선물이었다.

우리나라에는 이 분야 전공자도 없고 대학에 전공 학과도 설치돼 있지 않아서 나는 독일에서 배운 것을 한국에 접목시키고자 소신껏 일했다. 평생교육과 청소년 교육정책을 구현할 기초작업으로 관련 기관과 대학에 학과를 신설하기 시작했다. 특히 개방대학을 계획하여 설치한 것과 한국청소년연맹 창설, 한국청소년정책개발원 신설 등이 그러하다. 그때 시작한 평생교육은 지금까지도 잘 이어지고 있다. 아마 소명을 이루라고 하늘이 내려다보고 고 이규호 장관을 만나게 해준 것이라 생각한다. 이규호 장관은 귀국 전에는 전혀 알지 못했다.

1979년에는 평생교육과 청소년학 전공자가 나 혼자였는데, 지금은 대학마다 담당 교수들이 임용되어 있다. 40여 년이 지난 지금 가슴이 벅찰 정도로 감회가 깊다. 교육부에서 일을 수행하는 동안 학문적 기반이 단단히 이루어져 한국교원대에서 일할 기회도 주어졌고, 차관급인 한국청소년정책개발원장에도 임명되었으며, 민주평통 체육청소년분과위원장, 교육과 청소년 자문위원, 중앙 정부의 각종 정책위원직 임무도 수행할 수 있었다.

그 후 각종 방송과 언론사의 출연과 인터뷰, 전국 각 공공기관과 단체의 특강 등이 연이어져서 지금까지도 활발하게 활동하고 있다. 그때 고 이규호 장관과의 인연으로 나의 전공 분야에서 소신껏 일할 수 있는 기회가 주어진 것을 큰 행운으로 생각한다. 나중에 알게 된 사실이지만, 독일에 가서 모두 고생했지만, 스스로 어려운 환경을 잘 극복하고 독특한 분야를 전공한 사람이라서 선택된 것이라고 했다. 그때 부름이 없었더라면 오늘의 내가 없었으리라 생각하니, 고 이규호 장관의 그 은혜를 더욱 잊을 수 없다. 장관이 독일 대학 출신이어서, 독일 대학 공부가 얼마나 어려운지 알고 있었기에 나와는 호흡이 잘 맞았다. 그래서 더욱 내 아이디어에 귀 기울여주었고 정책 입안과 수립 과정에도 전폭적인 지원을 아끼지 않았다. 그 인연으로 장관은 내 책 출간을 축하해주는 의미에서 추천사도 써주셨다. 그때 받은 추천사를 유명 서예작가에게 부탁해 작품으로 만들었다. 우리 집 현관에 걸어두어 매일 감사한 마음으로 읽어본다. 고 마해송 작가가 마지막 삶의 언저리에 "내가 잘산 것은 모든 지인의 덕"이라고 했듯이 내 삶도 그러하다. 다시 한 번 고 이규호 장관께 감사를 드리며 장관께서 내 책 『내일에 사는 아이, 어제에 사는 어른』 출간을 위해 써주신 추천사를 첨부한다.

추천사

경제학자가 실물경제를 더 모르고, 철학자들이 인생을 더 모르고, 정치학자들이 정치를 전혀 모르는 것 같다는 느낌이 든다. 미국의 레이건 전 대통령이 자기의 재임 중 경제학자들이 미국 경제에 대해서 예언한 것이 한 번도 맞아본 일이 없었다고 말한 일이 있다.
나는 권이종 박사의 글들을 대할 때마다 이분은 교육학자이면서도 참으로 교육을 아는 분이라는 느낌을 받았다. 특히 청소년들을 머리로써뿐만 아니라 마음으로 이해하는 분이라는 생각이 들었다.
어린이들의 인성교육은 오늘날의 엄혹한 사회와 인류의 위기 극복을 위해서 대단히 중요한 과제이다. 지금 어려움에 처해 있는 우리나라의 운명도 사실은 우리 어린이들의 인성교육에 달려 있다고 말할 수 있다. 우리 어린이들의 인성교육을 위해서 나는 부모님들과 교사들, 그리고 다음 세대의 주역인 어린이 교육에 관심을 갖는 사람들에게 이 책을 권하고 싶다.
우리는 흔히 어린이들에게 공부에만 열중하라고 권한다. 부모에게는 무조건 복종하기만 하면 속이 시원해진다. 그리고 말을 안 들으면 꾸지람을 하고 때로는 매를 드는 일도 있다. 그러나 우리 어른들은 어린이들의 세계를 이해하려고 하지는 않는다.
부모는 자녀들을 첫째로 사랑하고, 이해하고, 또한 그들과 대화를 해야 한다. 아무리 시간이 없어도 자녀들과 다정하게 이야기를 주고받는 것은 우리나라의 장래를 위한 가장 믿음직한 투자라는 것을 우리는 인식할 필요가 있다. 이러한 가장 확실한 투자를 위해서 나는 이 책을 권하고 싶다.

전 문교부장관 · 한국교원대학교 총장 이규호

매년 세배를 갔었는데 지금이 고인이 되셨지요. 대신 사모님은 몇 번 만나뵈었습니다.

한국청소년연맹과 김용휴 총재

김용휴 총재는 전 총무처 장관, 파월 사령관, 남해화학 사장, 한국청소년연맹 총재를 지낸 분이다. 1980년 초 내가 독일에서 귀국했을 때, 한국에는 시대적 변화에 따라 청소년들에게 새로운 의식을 심어줄 청소년운동이 필요했다. 당시 우리나라에는 외국에서 도입된 조직이나 종교적인 단체만 있었고, 순수한 우리 것을 강조하는 청소년운동은 없었다. 대통령과 이규호 문교부장관은 우리 실정에 맞는 청소년 단체를 만들 것을 강조했다. 밑그림을 그려 기초 작업을 하는 데 내가 참여하게 되었는데, 그것이 바로 한국청소년연맹이다.

독일 지도교수의 도움을 받아 정관과 활동내용, 전국 단원 조직 등을 준비했다. 이때 초대 총재로 임명된 분이 김용휴 총재이다. 독일 학파가 만든 '히틀러 유겐트'라며 다른 사회단체들의 반대가 심했다. 그러나 다른 목적 없이 순수하게 시작했기 때문에 그대로 추진했다. 여의도에 본부를 두고 초창기부터 나는 대학교수로서, 또 교육부 자문교수로서 적극 참여했다. 한국청소년연맹 부설 청소년연구소도 창설하고 교수진과 연구원들을 모집하여 청소년 연구와 활동 프로그램을 활발하게 개발했다. 이 연구소가 후에 한국청소년연구원, 청소년개발원으로 이름이 바뀌었고, 현재 한국청소년정책개발원으로 개칭되었다. 처음에 김용휴 총재는 나와 함께 기금을 모았는데, 약 100억 원 이상이 답지했다. 그 기금으로 지금도 한국청소년연맹이 건실하게 운영되고 있다. 김 총재는 청소년운동을 하면서 청소년들을 친자식처럼 사랑했다. 전국에 단원 조직들을 둘러보러 출장을 다닐 때도 청소년은 물론 지도자 한 사람 한 사람에게 인간적으로 대했다.

김 총재는 매우 검소하게 생활했다. 한번은 바닷가 근처 시골 학교에서 청소년 단원 발대식을 하고 인근에서 하루 자고 올라와야 했다. 장관 출신이 호텔을 마다하고 허름한 여관을 고집했다. 해변가 상가에 가서 큰 타올을 두 장 사가지고 와서 깔고 잠을 잤다. 남해화학 사장으로 근무할 때는 비행기표까지 사서 우리 부부를 초대하고 공항에 자동차를 직접 보내줬다. 그런데 김 총재는 노후에 미국으로 떠났다. 모두에게 다 베풀고 자기 재산까지 청소년운동을 위해 기부했는데, 아들 사업이 어려워져서 한국 생활을 정리한 것이다. 우연히 인터넷에 검색해보니 건강하게 군인 동료들과 미국에서 잘 지내는 것 같아 안심이 된다.

'동생 동생' 하며 저와 함께 다니시며 한국청소년연맹 창설과 학교 발대식에 같이 다녔던 추억이 아련합니다. 미국에 계신다고 들었는데 건강하게 잘 계시겠지요? 뵙고 싶습니다.

한국교원대 권이혁 총장, 우종옥 총장, 신극범 총장

한국교원대 역대 총장님들이 나를 많이 도와주셨지만 특별히 세 분의 총장들을 소개한다. 세간에서는 권이혁 장관, 총장은 현대사에서 소위 말하는 출세한 사람이라고 한다. 장관 두 번, 총장 두 번에 사회에서 주요한 요직을 두루 거치셨기 때문이다. 지금도 왕성한 활동을 하고 계신다. 권씨 중에서 같은 항렬에다 이름에 한문 '이(彝)' 자가 같으며 사회활동을 하고 있는 사람은 거의 없다. 그래서 많은 사람들이 나에게 권 총장과 형제간이냐는 질문을 많이 했다. 권씨는 하나밖에 없어서 항렬을 따지고 몇 대만 알면 위아래를 모두 꿰뚫을 수 있다.

권이혁 총장과는 과거부터 아는 사이는 아니었다. 교육부에서 장관 상임자문위원 일을 하면서 만나게 되었다. 장관 부임 후 서로 인사를 나누었다. 권 장관은 "대학교수는 가능한 빨리 대학으로 돌아가서 학자의 임무를 수행하라"라고 충고하셨다. 그 이후 한국교원대에 내가 임용된 뒤에 우리 대학 총장으로 부임해 오셨다. 교원대에 오서서 나를 학생생활연구소장으로 임명하시고 여러 가지 도움을 많이 주셨다.

우종옥 총장은 나를 교원대 종합교원연수원장에 임명하셨다. 서울대 출신 총장이고 우리 대학에 서울대 출신 교수들이 많아서 내가 보직을 받게 되리라고는 전혀 생각하지 못했다. 정부에서 갑자기 교장 정년을 65세에서 62세로 단축하여 1만여 명의 교장이 필요했다. 당시 이해찬 교육부장관이 우 총장과 협의하여 독일에서 공부한 내가 연수원장으로 적합하다고 협의하여 발령을 냈던 것이다. 교육부에서 특별예산을 편성하여 새로운 교장들에 대한 연수를 실시하게 했다. 연수원 건물을 새로 지어야 했고 조경도 새로 조성해야 했다. 연수교육 과정도 새로 편성하고 지금까지의 이론 중심 연수를 실천실습 중심으로 바꾸었다. 때마침 2주간의 해외연수 프로그램, 전국 학교에 파견할 외국인 교사연수 등도 같이 추진했다. 일이 많아서 하루 24시간이 부족했다. 세미나 시설 확보, 교육과정 운영에 따른 교재 개발, 주변 환경 조성, 조각물 설치 등 쉴 틈 없이 일만 했다. 내 생애에 그렇게 열정적으로 일을 많이 한 적도 없을 것이다.

그런데 갑자기 나에게 잊을 수 없는 충격적이 일이 발생했다. 정년퇴직 후에 학교 주변에 전원주택을 지어서 거주할 계획으로, 대학 내 주택조합을 통하여 공동으로 100평 정도의 땅을 사두었었다. 그리고 그곳에 아파트가 지어지게 되었다. 그런데 교수와 학생 들이 매일 데모하고 총장실을 점거하며 관련 교직원들은 학교를 떠나라고 요구했다. 나는 학교발전기금도 내라고 해서 제일 먼저 1천만 원을 냈었다. 그것도 모자라 보직 사퇴를 요구하기에 연수원장도 그만두었다. 의도성이 없었는데도 군중 심리에 의해 구석으로 몰아붙이는 데에는 별다른 방도가 없었다. 서로 고소고발하여 법적 다툼까지 일어났지만 결국 아파트는 합법화되어 지어졌다. 그리고 학교는 다시 정상화되었다. 이 일이 정리된 후 우종옥 총장은 나의 명예회복을 위해 다시 연수원장으로 발령해주셨다. 교원대에서 연수원장을 두 번 역임한 사람은 내가 유일하다.

신극범 총장은 교육부에서 교직국장으로 일하실 때 처음 인연을 맺었는데, 특히 교육학을 전공하셔서 더욱 친근했다. 온화한 성품을 지니셨고 정이 많았다. 교원대에서 이미 나는 도서관장을 거쳤는데 다시 또 도서관장으로 임명해주셨고, 연구원장 보직도 주셨다. 결국 나는 이렇게 여러 총장님들의 도움으로 교원대에서 보직을 두루 거쳤다. 나는 생활관장, 학생생활연구소장, 도서관장 두 번, 연수원장 두 번, 연구원장 등 일곱 번의 보직을 역임했다.

총장님들, 부족한 저를 이끌어주신 데 대해 진심으로 감사합니다. 식사 한번 제대로 모시지 못해 죄송하기도 합니다. 마음은 있어도 실천이 쉽지 않았습니다.

교육부 최덕식 사장 부부

1979년 독일에서 귀국 당시, 나는 한국의 교육정책에 대해서 알지 못했다. 다만 나의 전공인 평생교육(사회교육)이 교육부에서 관장한다는 사실만 알고 있었다. 전북대에 임용된 후 1년 재직하는 동안 강의가 없는 날은 무작정 서울로 향했다. 당시 호남고속도로는 1차선만 아스팔트가 깔려 있고 다른 차선은 공사 중이어서 도로 사정이 매우 좋지 않았다. 오전 내내 고속버스를 타고 서울 강남고속버스터미널에 도착하면 그곳에서 점심을 대충 때우고 바로 교육부로 향했다.

목적은 각 대학에 평생교육학과를 설치하고 평생교육연구소를 신설하기 위해서였다. "전북대 교육학과 교수입니다"라고 했지만 약속도 없이 찾아온 지방대 교수에게 교육부 직원들은 눈길 한 번 주지 않았다. 국장과 과장이 얼마나 바쁜 자리인데 한국말도 제대로 못 하는 초짜 교수가 반가웠을 리 만무했다. 교육부 직원들 중 나를 도와주는 사람은 아무도 없었고 냉랭하게 대했다. 더욱이 과장과 국장을 만나러 왔다고 하면 국장 비서를 포함해서 모두 나를 이상하게 보는 눈치였다. 국회에 갔다느니, 지방출장이라느니, 외근이라느니 하여 결국 교육부 국장 비서실에서 오후 내내 앉아 있다가 전주로 내려가는 일이 부지기수였다.

그래도 나는 포기하지 않고 수차례 교육부를 찾아가서 하루 종일 기다린 끝에 나중에 서울시교육감을 지낸 최열곤 국장을 5분간 만났다. 김 국장은 의외로 친절했다. 평생교육에 대한 나의 포부를 이야기했더니, 더 연구를 해보자고 해서 나는 매우 행복한 마음으로 전북대로 내려갔다. 그리고 1년 뒤 그렇게 두렵고 무서웠던 교육부로 파견근무를 명령받아 일하게 되었다. (최 교육감은 지금도 만난다. 그때의 기억으로 웃음꽃을 피우곤 한다.)

그리고 김용현 사회교육과장, 김효겸 사무관과 양열모 사무관도 만났다. 교육부에 있을 때나 후에나 일하는 데 지연과 인맥의 필요함을 알게 되어, 동문 후배인 김태종 국장과 최이식 국장도 찾아가서 평생교육 분야 정책을 구상하는 데 많은 도움을 받았다. 김상권 전 교육부차관도 여러 차례 교육부에서 면담을 했다. 김용현 국장은 한국평생교육법 제정과 평생교육정책 입안 시 같이 일했다. 특히 개방대학 설립 과정에서 지방출장도 같이 자주 다녔다. 아주 신나는 시간들이었다.

몇 년이 지난 뒤 한국교원대에 최덕식 사무국장이 새로 왔다. 그런데 아내는, 최 국장이 자신의 친한 여고동창의 남편이라고 반가워하였다. 최 국장은 후에 서울교육문화회관 사장으로 퇴임했다. 학교 업무도 업무지만 최 사장 부부와 우리 부부는 자주 만나고 전국 여행도 함께했다. 내가 퇴임 후 김상권 차관 부부,

최덕식 사장 부부, 김태종 국장 부부와 자주 만나 식사도 함께하였다.

교육부 하면 잊지 못할 분이 또 있는데, 당시 교육부의 김철 교원연수과장이다. 나는 교원대 교장 연수원장직을 수행하고 있었는데 업무상 이렇게 성실한 공무원이 있는가 하고 감탄할 정도였다. 나를 인격적으로 대하고 업무나 인간관계에서 최선을 다해주었다. 후에 국장이 되어 여러 대학을 거치고 부감도 했는데 언제고 연락하면 환영해준다.

> 최덕식 사장님, 한국교원대학교에서 같이 근무할 때 행복했어요. 주말에 청주에서 같이 시간을 보낸 기억이 참 좋았어요. 김상원 차관님 그리고 김태종 국장님, 지금은 자주 만나지 못해 아쉽네요. 김철 국장님, 교원대에 있을 때 우리 둘이 원 없이 국가를 위해 일했었습니다. 내가 가장 일을 열심히 일했던 3년이었어요.

친절한 이상오 교수

이상오 교수는 연세대를 졸업하고, 독일 튀빙겐대학교에서 교육학을 전공하여 사회과학박사를 취득했다. 현재는 연세대 교수이며 미래융합연구원 창의인성연구센터장이다. 내가 독일에서 박사학위를 받아 귀국했지만 한국에는 학연, 지연, 혈연관계가 없어 누구에게도 의지할 곳이 없었다. 마치 무인도에 혼자 서 있는 심정이었다. 하기야 독일 아헨사범대학에서 공부할 때도 외국인 학생은 나 혼자여서 외로웠기 때문에 이러한 환경을 이겨내는 데는 이골이 났다. 귀국하여 첫 관문인 전북대 교수로 임용은 되었지만, 학자로서의 기본인 학회활동을 하려면 학연이 있어야 했다. 그런데 나는 한국에서 대학을 다니지 않아 아는 사람이 없었기 때문에 인간관계를 쌓아가는 것이 절박했다. 인맥을 쌓기 위해 마치 이삭을 줍는 심정으로 학자들을 따라다녔다. 물론 명문대 출신 교수들에게 먼저 관심을 가졌다.

이때 독일에서 공부한 학자 이상오 교수를 만났다. 물론 이 교수도 독일에서 학위를 받고 돌아와서 교수자리를 찾고 있었다. 마침 내가 교육부 상임자문위원으로 일할 때 여러 대학을 평가

하고 다녀서 각 대학의 사정에 대해서 잘 알고 있었다. 대학에 대한 다양한 정보를 가지고 있어서 대화를 많이 나눌 수 있었다. 연세대 출신인 이 교수도 자리를 찾는 것이 그리 쉽지 않았는데, 내 경우는 어떠했겠는가?

이상오 교수는 물론 모교로 가고 싶어 했다. 그러나 임시로 지방의 2년제 대학에 우선 들어가는 것이 좋겠다고 상담해주었다. 다행히 능력도 있고 연구업적이 많아서 모교에 임용되어 지금은 아주 행복하게 교수직을 수행하고 있다. 나와 나이 차가 큰데도 불구하고 항상 긍정적으로 대해준다. 내가 인맥에 대해 외로워하는 모습을 누구보다도 잘 이해해준다. 언제 대화해도 나의 학문적인 성과와 활동에 대해서 누구보다도 인정해준다. 그러므로 언제 만나도 항상 행복하고 즐겁다.

나는 전국에 다니며 강의를 많이 해왔고 지금도 하고 있다. 내가 중요한 회의를 할 때마다 이 교수에게 도움을 요청하면 거절하는 법이 없다. 연세대 출신 현직 교수를 알고 있음이 자랑스럽다. 나의 활동에 대해 아이디어가 필요하면 수시로 연락한다.

가족들과 같이 만나서 독일 이야기를 재미있게 나누니 정겹습니다. 도움을 요청하면 항상 받아주니 고마울 따름입니다.

배려를 아끼지 않는 이화국 교수

이화국 교수는 고등학교 후배이며 영국 유학을 다녀왔다. 이 교수는 내가 전북대 교수로 임용되어 만나게 되었다. 외국어 능력과 기획력이 탁월하고 아이디어도 무궁무진하다. 그래서 전국 대학을 대표하는 대학교육협의회 사무총장으로도 일했다. 연구 능력도 뛰어나서 교육부 정책에도 많이 참여했는데, 특히 한국에 사이버대학을 도입하는 데 산파 역할을 했다. 내가 교원대 정년을 하고 한국파독광부간호사간호조무사연합회 조직과 일을 추진하며 대학 강의에 대한 미련을 버리지 못하고 있을 때였는데, 마침 이 교수가 연락을 해왔다. 한국사이버대학 부총장으로 있던 이 교수는 나를 사이버대학의 객원교수로 임명하겠다는 것이었다. 나에게는 행복한 선물이었다. 임명장을 받아든 나는 평생교육과 청소년 과목을 선택하여 신나게 5년 정도 강의를 했다. 사이버대학에서 스승의 날 행사, MT와 종강 파티 등에 참여하며 여러 만학도 제자들과 교류하여 즐거운 시간을 보냈다. 그 대학 제자들과는 지금도 연락하며 산다.

이처럼 정년 후에도 강의를 할 수 있어서 경제적으로도 도움이 되었다. 2년 전부터는 이 교수가 한국인성교육문화원에 원장으로 봉사하면서 인성교육 교재 집필과 프로그램 개발에도 동참했다. 인성교육지회도 구성하여 지역에서 인성교육 지도자 양성을 하고 있다. 나를 강사로 초대하여 전국을 다니며 강의도 같이 하고 있다. 이 교수는 선배에 대해 아낌없이 배려해주어서 감사할 따름이다. 내가 현재 봉사하고 있는 단체인 ADRF를 후원하고 홍보대사로도 활동한다.

이화국 교수, 나에 대한 배려 감사합니다. 지금도 같이 강의 다니는 활동이 매우 행복합니다.

호의를 베풀어준 심의보 교수

심의보 충청대 교수는 청소년학을 연구한 학자로서 학회 등에서 만났다. 교원대와 이웃해 있어서 자연스럽게 만날 수 있는 기회가 많았다. 심 교수와 이사장의 추대로 충청대의 이사로도 활동했다. 그리고 기회 있을 때마다 청주지역 학회와 다른 단체 활동을 하면서 강사로 자주 초대됐다. 한 고등학교 이사장이기도 한 그는 교사 연수에도 경주까지 초대하여 내게 강의하도록 했다. 20여 년간 나를 대하는 모습에는 변함이 없다. 친형제도 할 수 없는 정도로 나에게 많은 것을 베풀어주고 있다.

마치 자녀가 부모에게 사랑을 주는 것과 같은 감정으로 대한다. 언제 전화해도 지체 없이 시간을 내어준다. 언제 만나도 무엇이든지 선물을 준비하여 준다. 이렇게 좋은 사람이 또 어디 있을까? 심 교수를 만나서 나는 참으로 행복한 삶을 살고 있다.

강의할 기회를 준 손준종 교수

손준종 교수는 한국교원대학교에 나의 전공 후임자로 부임하여 만나게 되었다. 부부가 진실한 천주교 신자이며 천사 같은 분들이다.

나는 교수로서 30년간 일하고 2006년에 정년퇴임했다. 퇴임 후의 계획도 철저하게 세우며 준비를 했는데도 허전한 마음을 달랠 수가 없었다. 교수에게는 교단에 설 수 없는 것이 가장 큰 외로움이다. 교원대 규정에는 정년퇴임 교수에게 학부든 대학원이든 강의를 줄 수 없게 되어 있다. 그런데 손 교수는 다른 교수들의 비난을 받으면서도 나에게 강의를 주었다. 강의는 5년 정도 했다. 마음의 행복은 물론 경제적으로도 도움이 많이 되었다.

대학원 세미나를 하면서 좋은 제자들을 많이 만나서 행운이었다. 매 학기 대학원생들과 계룡산 야외 수업에서 가진 행복한 추억은 수십 년이 지난 지금도 저절로 미소가 지어진다. 특히 겨울철에 남자 대학원생들에게 얼음을 깨고 나와 같이 개울물에 들어가자고 하니까 다 도망갔다. 내가 그러면 학점에 영향을 줄 수도 있다고 우스갯소리를 했더니 슬금슬금 나타나서 물속에 들어가 엉덩이가 꽁꽁 어는 진풍경이 벌어졌다. 지나고 보니 내가 학점과 연관하여 폭력 아닌 폭력을 행사했다는 생각이 든다. 정년 후에도 학부생과 대학원들 강의를 할 수 있어 매우 행복했었다.

손 교수 부부, 서로 선물도 주고받으며 함께 행복한 시간을 보내줘서 고마워요. 언제 뵈어도 반가워요. 그리고 행복하답니다. 앞으로도 계속 이러한 좋은 관계가 이루어지리라고 확신합니다.

청소년체육부 일과 조영승 박사

1980년에서 2010년까지 30년간이 내가 가장 많은 일을 했던 전성기였다. 청소년정책 입안과 업무 참여에서도 그러하다. 한국의 청소년정책이 초보 단계에 있던 1980년대 중반, 나는 교육부에서 자문위원으로 활발하게 활동 중이었다. 노태우 대통령 임기 중 청소년체육부가 출범할 즈음, 나는 독일 청소년정책의 모델을 도입하고자 노력했다. 당시 박철언 장관, 조영승 청소년정책실장이 일할 때였다.

나는 무작정 청소년정책실장을 면담하러 갔다. 조 실장은 올림픽조직위원회 사무총장도 역임했다. 서울대 출신의 엘리트 실장은 업무에 충실한 전형적인 공무원이었다. 후에 나보다 먼저 청소년정책연구원장도 역임했었다. 업무 추진력은 어느 누구도 따라갈 사람이 없었다. 이때 나는 조 실장에게서 정부 정책의 업무 추진에 대해 많이 배웠고, 그 과정에서 나의 아이디어도 반영되었다. 조 실장과 함께한 그 경험이 내가 대학과 청소년정책개발원장으로서 일할 때에 큰 도움이 되었다. 밤을 새워가며 청소년정책을 소신껏 추진했다. 당시 조 실장이 청소년백서를 개발하자고 하여 조교 몇 명과 함께 우리나라 최초로 『청소년백서』를 연구, 출판했다. 나의 청소년활동에 있어서 골든타임이었는데, 이때 『청소년학개론』도 집필하여 출간했다. 청소년학회 발족과 기금 마련에도 조영승 박사의 도움이 컸다.

조영승 박사, 덕분에 정말로 청소년정책을 원 없이 펼쳤습니다. 아마도 이 시기가 우리나라 청소년정책이 가장 활발하게 발전한 시기였을 겁니다.

기업인 김춘식 계몽사 사장

"저는 계몽사 사장 김춘식입니다. 교수님을 뵙고 싶습니다."

1981년 교육부 자문위원실에 근무할 때였다. 독일에 막장광부로 가서 교수가 된 사연이 언론에 오르내릴 때여서, 외부 여러 기관과 단체에서 더러 나를 찾곤 했다. 7월 중순 아주 더운 여름, 종로의 계몽사 사장실을 방문했다. 당시 계몽사는 우리나라를 대표하는 아동출판사여서, 부모와 어린이들이 계몽사를 모르고는 교육이 안 될 정도로 유명했다. 그런데 사장실이 너무 더워서 견딜 수가 없었다. 직원들이 근무하는 사무실에는 에어컨이 있는데 사장실에는 선풍기 한 대만 돌아가고 있었다. 나는 김춘식 사장을 처음 만났지만 사장실 환경만 가지고도 어떤 분인지 감이 잡혔다. 잠깐 이야기를 나누는 동안에도 얼마나 땀을 흘렸는지 모른다.

김 사장은 계몽사의 자문교수가 되어 달라고 요청했다. 생각할 시간을 달라고 하고 헤어진 뒤 동료 교수들에게 상담해보니 수락하라고 권했다. 그 후 여러 차례 만나서 의견을 교환한 후 자문교수가 되었다. 한국교원대에 월요일에서 목요일까지 근무하고 금, 토요일 양일은 계몽사에 나가서 도와줬다. 바쁠 때는 일요일에도 출근했다.

제일 먼저 계몽사 사옥과 어린이궁전을 설계하는 데, 교육학자로서 어린이에게 필요한 건물이 어떤 것인지 자문해줬다. 전 세계 어린이 시설을 조사하고 설계 자문을 본격적으로 했다. 건물이 완공된 후에는 어린이 프로그램을 포함하여 새 책 개발 등에 적극적으로 조언을 했다. 나는 교수 봉급만으로는 대학 다니는 자녀들의 등록금을 마련하기가 어려웠는데 자문위원 수당이 살림에 크게 보탬이 됐다. 김춘식 사장은 경제적 도움은 물론 나의 편의를 위해 우리 집에서 5분 거리에 사무실을 마련해주었다. 나는 대학교 강의에다 사회활동과 계몽사 자문 등으로 힘이 부쳤지만, 자녀들 교육비 마련을 위해서는 외부 수입이 꼭 필요했다.

계몽사 사옥은 서울 강남 도곡동에서도 가장 좋은 위치에 자리 잡았으며, 외관도 멋진 유리 외벽으로 설계된 현대식 건물이었다. 건물이 지어진 뒤 나의 건의에 의해 우리나라 최초로 계몽아동연구소를 창설했다. 이 연구소의 목표는 연구와 자료 수집 등을 한국교육개발원 수준으로 키워나가는 것이었다. 김 사장은 새로 지은 건물 가운데 가장 좋은 층 전체를 연구소 겸 자료실로 내주었다. 그로부터 6년간은 예산 등에 크게 구애 받지 않고 원 없이 일할 수 있었다.

그런데 슬픈 일이 일어났다. 사장 부인이 암에 걸려 사망하게 된 것이다. 그 이후 김 사장은 모든 업무를 중단하고 경영 일선에서 물러났다. 동생이 경영권을 물려받았는데 동생은 형님과 뜻이 달랐다. 내가 6년간 준비해왔던 계몽아동연구소와 자료실 프로젝트는 일시에 중단되고 말았다. 그리고 김춘식 사장과의 인연도 막을 내렸다.

> 사장님, 참 인격적으로 존경하며 살아왔습니다. 나를 정신적, 물질적으로 최선을 다해 아낌없이 지원해주셨습니다. 사모님께서 돌아가셔서 많이 힘드셨지요? 우리 부부도 곤지암의 사모님 묘소에 많이 갔었습니다. 사장님과 같이 슬퍼했었습니다. 지난 세월 감사합니다.

현대그룹 정주영 회장, 생사를 좌우하는 프로젝트

1980년 초, 현대그룹의 정주영 회장은 지역사회의 교육운동에 관심을 갖고 교육 전문가들을 집과 사무실로 초대하여 대화를 자주 나누었다. 주요 관심사는 부모를 대상으로 한 교육이었다. 부모가 변해야 자녀교육, 한국 교육이 변한다는 교육관을 가지고 있던 나는 정 회장의 교육운동에 관심을 기울였다. 교육부 자문위원으로 있던 나는 자연스럽게 참여하게 되었다. 초빙된 전문가들 집단에 참석해보니 역시 한 대학 출신들이 다 모여 있었다. 마치 땅콩이나 감자를 캐면 큰 것이 위에 있고 밑으로 갈수록 작은 것이 줄줄이 이어지는 것과 같은 형상이라고 할까, 팔이 안으로 굽는 것이 당연한 이치고 나 역시 내 제자들을 많이 참여시켰을 것이다. 그런데 한국 사회는 그러한 현상이 지나치게 느껴졌다. 나는 어차피 외톨이 인생이니 주어진 운명에 맡기고, 연구와 자료 개발, 강의 등에 골몰했다. 그리고 성실하게 정 회장을 도와주었다.

그런데 갑자기 아산재단에서 연락이 왔다. 정 회장이 공산국가들의 학제를 연구하여 소개하라는 지시가 있었는데 여기에 책임자로 나를 추천했다는 것이다. 그것은 통일 전 동독, 헝가리, 체코, 폴란드 등 공산국가 5주 여행과 자료수집 및 보고서 작성 등이 포함된 제법 큰 프로젝트였다. 욕심만 앞서고 사전 조사가 부족한 상태에서 일을 시작하려 했더니 처음부터 벽에 부딪혔다. 공산국가와는 수교가 되지 않아 그들 나라로의 입국이 불가능하다고 정보기관에서 연락이 왔던 것이다. 신변 보장이 안 된다는 이유였다. 그도 그럴 것이 1980년 중반에는 덴마크 등지에서 북한공작원이 한국인들에게 독가스 스프레이를 뿌려 납치해 간 사건들이 종종 있었다. 아내도 강력히 반대했다. 너무나 위험한 일이었기 때문이다.

나는 평소 모험심이 많은 사람이라 정보기관의 경고에도 불구하고 독일로 무작정 떠났다. 내가 16년이나 있었던 곳이라 이곳에서 먼저 출발해보기로 했다. 첫 관문인 동독 국경선을 통과하는 것이 문제였다. 수교가 안 되어 있으니 당연히 비자도 준비하지 못했다. 냉전시대에 비자도 없이 무턱대고 들이댔던 행위는 당시로서는 누구도 상상할 수 없는 위험한 일이었다. 여기서 물러설 것이었으면 애당초 오지도 않았을 것이라는 생각에 모든 지혜를 다 쥐어짰다. 공산국가는 달러면 다 해결된다는 게 기억났다. 달러를 1달러 잔돈으로 바꾸었다. 궁여지책, 이판사판으로 달러를 꺼내주기 시작했더니, 성공이었다. 혹시나 했는데 역시나 그 말이 맞았다. 운이 좋았는지 입국 비자가 즉시 나왔던 것이다. 국경을 통과할 때 다리가 후들거리고 진땀이 났다.

여행안내 책자나 스마트폰 검색도 없는 시대, 목적지로 가기 위해 무조건 택시를 타는 수밖에 없었다. 타는 사람은 없고 기다리는 택시만 줄지어 있었다. 그런데 택시들이 나를 안 태우려고 서로 미루기만 했다. 앞으로 가면 뒤로 가라고 하고 뒤로 가면 앞으로 가라고 하고 중간으로 가면 또 다른 사람에게 미뤘다. 나중에 안 사실이지만, 사회주의 국가는 일을 해도 그만 안 해도 그만이니까 다들 안 가려고 했던 것이다. 이번에도 할 수 없이 극약처방을 썼다. 달러로 요금을 2배로 쳐주겠다고 했더니 서로 가려고 난리를 쳤다.

겨우 동독의 교육부에 도착했다. 모든 기관의 입구가 철문으로 이중 삼중으로 닫혀 있었다. 건물 밖에 도착은 했으나 문을 열고 들어갈 수가 없었다. 여기에 들어가는 데도 달러가 필요했다. 잔돈이 필요했는데 은행에 가서 돈을 바꾸는 데도 웃돈이 필요했다. (부족하나마 자료를 수집하기는 했다.)

다니다가 목이 말라 음료수 한 병을 사고 싶었다. 그런데 계산대 여직원이 계산을 해주지 않았다. 음식점에 들어가서 주문을 했는데 아무리 기다려도 음식이 나오지 않았다. 항의를 했더니 당신 사정이지 내 사정이 아니라고 오히려 화를 냈다. 일을 해도 그만 안 해도 그만이라는 사회주의 문화를 체감할 수 있었다.

여러 나라를 다니는데 누군가가 미행하는 느낌이 들었다. 각국 정보원이었다. 갑자기 소름이 끼치고 무서워졌다. 한국에서 출국할 때도, 각 나라 국경선에서 비자를 발급할 때도, 한국과 수교가 안 되어 있으니 신변을 책임질 수 없다는 서류에 서명하고 통과했다. 첫날부터 불안한 마음은 여행이 끝날 때까지 지속됐다. 밤에 호텔 숙소를 수시로 노크하는 소리에도 불안에 떨었는데, 나중에 알고 보니 성매매 여성들이라고 했다.

총 6개국 계획에 4개국만 다녔는데, 비행기를 타고 이동할 때마다 공항에서 짐을 바로 찾을 수가 없었다. 출입국관리사무소에서 내 숙소로 직접 보내주겠다고 해서 하루 뒤 받아 보면, 쓸만한 것은 모두 사라지고 없었다. 5주 예정의 여행이 일주일밖에 안 지났는데 나는 공포와 피로에 완전히 지쳐 떨어졌다. 공산국가에서 귀신이 될 수도 있겠다는 생각에 불안에 떨었다. 체코와 헝가리를 헤매다 성당이 눈에 띄어 무조건 찾아들어가 한 없이 울면서 무조건 살려달라고 기도한 일도 있었다. 이런 상태로 계속 연구를 해야 하는지 회의가 들었다. 그러나 약속한 게 있으니 지켜야 한다는 생각에 참고 견디기로 했다. 독일 광부로 일할 때도 매일 삶과 죽음의 갈림길에서 살아왔는데, 그런 각오로 임한다면 헤쳐나가지 못할 것도 없다고 이를 악물었다.

겨우겨우 버티어서 결국 35일 목표 일정을 채우고 무사히 가족의 품으로 돌아왔다. 그동안 단 한 번도 가족과 연락을 할 수 없었다. 살았는지 죽었는지 알 길이 없던 차에 나를 만나자 가족들은 얼싸안고 울었다. 몸무게가 6킬로그램이나 빠져 있었고 육체적, 정신적인 후유증이 심해서 회복하는 데 3~4개월은 족히 걸렸던 것 같다. 이 연구 여행에서 나를 구해준 것은 '달러'였다.

한국 사회에서 최초로 공산국가의 교육제도 연구보고서가 소개되었고 이 보고서를 근간으로 책을 출간했다. 서론에 '삶과 죽음의 갈림길을 통한 책'이라고 썼다.

이미 고인이 되셨지만, 제게 좋은 기회를 주셨던 정주영 회장님께 진심으로 감사합니다. 저를 집과 울산 영빈관에도 초대해주시고, 북한 정주영체육관 개관에도 초대해주셔서 평양도 방문할 기회가 있었습니다. 회장님의 앞서가는 아이디어가 한국 경제를 살리고 현대를 살렸지요. 당시 공산국가의 교육제도에 대하여 관심을 가지신 데 감탄했습니다. 연구를 중단 못했던 이유는 연구비가 많아서였고, 중단하면 (계약 위반으로) 제가 사는 아파트를 팔아야 했기 때문에 끝까지 추진할 수밖에 없었답니다.

삼성과의 만남

'한국 청소년들의 생활양식'에 관한 최초의 연구

삼성에서 '한국 청소년들의 생활양식'에 관한 연구 프로젝트를 나에게 의뢰했다. 한국에 귀국한 뒤 내게 맡겨진 가장 규모가 큰 연구였다. 최초 총예산은 책 제작비까지 7~8억 원, 순수 연구비는 1억 3천만 원 정도였다. 1990년대 연구비로는 대단히 규모가 컸고 내 일생을 통해서도 가장 큰 연구 용역이었다. 1년 뒤 연구가 마무리되었는데, 의뢰자들은 연구결과에 만족스러워하여 교사용, 학부모용, 학생용 등 대상을 세분화하여 책을 만들기로 했다. 책 집필에 다시 1년이 소요되었다. 이렇게 만들어진 『10대 청소년의 생활세계』는 대량 제작되어 전국의 교사와 학부모, 학생 들에게 배포되었다. 최초로 청소년 생활양식에 대한 책을 개발하여 보급했다는 데 큰 보람을 느꼈다.

제자들과의 만남

지금까지 내가 가르친 제자들은 대략 직접 제자는 박사 15명, 석사는 약 300명이다. 한국교원대 학부생도 만여 명 그리고 대학원생들은 내 강의를 대부분 교육학 공통과목으로 수강하여서 아마 만 명 이상 들었을 것이다. 교장 연수에서도 만 명 이상 배출했고, 방통대에서 청소년학개론 강의 시 수만 명, 한국사이버대학에서 수천 명이 있다.

나는 제자들을 위하는 일이라면 나의 일 이상으로 생각하여 도와주고 키워주고 이끌어주며 지금까지 살아왔다. 지나칠 정도로 많은 사랑을 쏟아 붓는다고 핀잔 아닌 핀잔을 듣기도 했다. 아내도 내가 제자들이나 다른 사람들을 쉽게 신뢰하고 마음을 다 주어 손해보는 경우가 많다고 자주 지적했다.

하지만 나는 나에게 제자가 있다는 사실만으로도 행복이 차고 넘쳐서 나는 나의 '과잉 제자 사랑'에 대해서 한 번도 후회해본 적이 없다. 내가 그렇게 하기까지에는 여러 가지 이유가 있겠지만, 한국에서 대학을 나오지 못하고 외국에 광산 막장 노동자로 가서 힘들게 박사학위를 취득한 이유가 가장 클 것이다. 긍지와 자부심을 가지고 독일 국민정신 이상으로 사람과 제자를 사랑해 왔다. 독일에서는 교수를 '박사아버지'라고 부르며 학문적, 정신적인 부모로 여기고 있지 않은가. 나 역시 그러한 정신을 고스란히 배워 나의 제자들에게 아낌없이 베풀고 살았다. 학사, 석사 과정의 제자도 중요하지만 특히 박사과정에 있는 제자에 대하여는 더 많은 애정을 가지고 살았다. 공부하는 기간에는 경제적인 어려움이 있을까봐 연구 프로젝트에 동참시키기도 하고, 진로를 밝혀주기 위해 내 인맥을 총동원하기도 했었다. 그래서 제자들이 대학교수가 되면 친자식이 그러한 것처럼 눈물을 흘리며 진심으로 축하하고 기뻐했다. 교수가 된 이후 나는 평생 동안 이러한 마음가짐으로 변함없이 제자를 양성하는 데 혼신을 기울였다.

팔십을 바라보는 지금, 나는 어느 누구보다도 제자들을 많이 사랑한다고 자신 있게 말할 수 있다. 그래서 나는 교사라는 직업을 선택했는지 모르겠다. 초등학교 2학년 때 가졌던 꿈이 바로 교사였고 그 꿈이 이루어져서 평생 교단에서 일했으며 지금도 교단에 서는 것을 매우 좋아한다. 아무리 피곤하고 지쳐도 강의실에 들어가서 제자들을 보면 생동감이 넘치고 신바람이 나서 열강한다. 정년을 하기 전에는 어디서나 제자들을 만날 수 있었는데, 퇴임을 하고 나니 제자들을 만날 기회가 드물었다. 다행히 교원대 강의와 사이버대학 강의로 다시 제자들을 만날 기회가 생겨서 기뻤다.

지난 40여 년간 수많은 제자들이 나를 거쳐갔다. 명절마다 한 번도 거르지 않고 선물을 보내오는 제자, 매년 신년 카드를 보내는 제자, 전화라도 한 번 하는 제자, 여러 교육기관의 특강에 초대하는 제자, 내가 하는 일을 적극적으로 도와주는 제자, 일부러 찾아와서 식사를 대접하는 제자 들에게 이 자리를 빌어 감사 인사를 보낸다. 한 강좌만 들었는데도 애써 기억하고 초청해주는 제자, 전국 방방곡곡 유치원, 초중등학교의 특강에 초대하는 제자 등 제자들과 보낸 행복한 시간들을 일일이 다 나열할 수 없다. 특히 몇몇 제자는 나를 친부모 이상으로 대해줘서 마음이 뭉클하다. 퇴임 후 11년이 지난 지금도 제자의 전화를 받을 때가 가장 행복하다. 물론 나 역시 제자들에게 최선을 다하고 있다. 도울 일이 있다면 최선을 다해 도와주고 있다.

2017년 초 내가 봉사하는 단체 ADRF에 홍보대사를 구성하면서 전국 여러 곳에 있는 제자들에게 전화했는데, 모두 반갑게 대하고 나의 교육운동에 참여한다고 허락을 했다. 어느 제자도 거절하는 경우가 없었다. 나는 2017년 새로운 행복을 제자들을 통해 누리고 있다.

제자들이 있어 나는 지금도 행복을 누리며 살고 있습니다. 정년퇴임을 하고도 제자들과 대화하고 연락할 수 있어서 행복합니다.

잊을 수 없는 제자 1호, 김승호 박사

김승호 박사는 나에게 매우 상징적이며 감회가 남다른 인물이다. 내가 독일에서 공부하고 들어와 지도한 박사 1호이기 때문이기도 하다. '김승호' 이름 석 자를 보면 맨 먼저 떠오르는 이미지는 매우 학구적이라는 점이다. 그는 언제 어디서나 연구하는 제자여서 대학교수가 되었으면 하는 바람을 늘 지녀왔다. 지금은 학교장으로 계속 남아 있고 교육장도 했다.

처음 김승호 박사의 가정을 방문한 일이 있었는데, 마치 대학교수 연구실에 들어온 분위기였다. 제일 놀란 것은 커다란 복사기가 집에 있었던 것이다. 지금처럼 복합기니 뭐니 하는 간편한 기계가 많이 보급돼 있지 않은 시절이었고, 대학교수라도 개인적으로 가정에 구입하기에는 경제적으로 부담이 컸기 때문이다. 나도 학교 연구실에 복사기를 가지고 있었는데, 개인이 연구실에 별도로 설치한 교수도 교원대에서는 몇 안 되었다.

학위과정에서 있었던 몇 가지 추억이 떠오른다. 김 박사는 당시 목포 소재 고등학교 교사였다. 학교 근무를 마치고 저녁에 교원대가 있는 청주로 출발했다. 다음날 하루 종일 강의를 들으려고, 미리 올라와 차 안에서 잠을 자며 대기했던 것이다. 그렇게 목포와 청주를 오가기를 4년, 그간 너무나 피곤한 생활에 고속도로에서 여러 차례 크고 작은 사고가 일어났었다. 특히 학위 받는 해에는 청주 톨게이트 주변 커브 언덕길에서 차가 완전히 낭떠러지로 구르는 대형 사고가 일어났다. 공부와의 전쟁은 그토록 고되고 치열했다. 학교 관리자의 허락을 구하고, 다른 동료 교사들의 눈치 보기도 미안해서 하루 연가 내기도 어려운데, 이러한 생활을 4년이나 했으니 그 노고에 갈채를 보낸다.

김 박사가 학교장으로 있을 때 교장실을 방문한 일이 있었다. 그곳에는 국내외 교육 관련 서적이 벽면에 가득 꽂혀 있었다. 연구결과를 책자화하기 위한 제본기계도 놓여 있었다. 연구자와 학교장이 연구용으로 제본기계를 가지고 있는 사람은 거의 없다. 본인이 연구한 자료를 책으로 제작해 교육청과 교사, 학부모 그리고 학생 들에게 배부하는 등 교육관이 투철했다. 학부과정에서 영어를 전공해서 교장실에 교육 분야 영문서적도 많았다.

제자와 스승 부부가 같이 여행을 가는 것은 매우 드문 일이다. 그런데 김승호 박사 부부와 우리 부부는 자주 만났다. 목포로 찾아가기도 하고, 슬로시티 청산도에 여행을 가서 바닷가 가로등 밑에서 돗자리 깔고 막걸리 마시며 아름다운 추억도 가졌다.

내가 살아 있는 한 김 박사 부부가 있어 행복한 삶을 살고 있다네.

잊을 수 없는 제자들

안승렬 박사

안 박사는 나에게 석박사 학위를 취득했다. 대학원 과정 5년간 사제의 인연을 맺었다. 내가 교원대에서 연수원장을 지낼 때, 3년 파견 근무를 포함해서 총 8년간 나와 함께 가장 긴 세월을 보낸 제자이다. 그 기간 동안 내가 가장 취약한 분야인 연설문, 논문, 연수원 교재 개발 등에서 문장 교정을 많이 도와주었다. 특히 연수원 재임기간, 정부의 정책에 의해 교장 임기가 단축되는 바람에 갑자기 많은 교장들이 연수 프로그램에 참가해야 했었다. 연수원장에 임명된 나는 어려운 임무를 수행해야 했는데, 절실히 도움이 필요할 때 내 옆에 있어준 사람이 바로 안승렬 박사이다. 그는 경기도교육청에서 파견교사로 우리 대학에 와 있었다. 당시 나는 형용할 수 없는 기쁨과 감사를 느꼈다. 아마 당시 나는 독일 광산 일을 제외하고 평생 가장 많은 일을 했을 것이다.

안 박사는 석사과정 때부터 지금 이 시간까지 온 가족이 함께 나를 행복하게 해주었다. 온 가족이 처음 만남에서부터 변함없이 예의 바른 언행은 물론 심리적, 물질적인 면에서 아낌없이 나를 스승으로 모시고 있다. 본인만이 아니고 부인도 그리하고 자녀들까지도 그렇게 나를 대해준다. 친아들이나 형제, 가족 이상의 관계를 유지하고 있다. 더러 가정에서 만나게 되면 안 박사 자녀들이 초등학생일 때에는 나에게 항상 큰절을 하도록 했다. 나의 아내에게까지도 최선을 다해 베풀고 있다. 언제 전화를 해도 반갑게 받는다. 두 부부가 교장이어서 학부모와 교사 대상 행사가 있을 때마다 나를 강사로 초대한다. 가장 잊을 수 없는 제자 중 하나이다. 어린 자녀들이 자라서 내가 결혼식 주례도 서주었다. 최근까지도 서로 연락을 자주 한다.

안승렬 박사, 자네에게는 친자식 이상으로 좋은 감정을 가지고 있다네. 언제 만나도 변함없이 "스승님, 스승님"이라 부르고, 어떤 사안이든 항상 "스승님 좋으실 대로 하세요" 하면서 항상 나의 생각을 먼저 존중해주었지. "언제라도 평택에 오세요. 가장 좋은 음식으로 모시겠습니다"라는 말이 마음을 울린다네. 수십 년 전이나 지금이나 평택에 가면 좋은 음식 대접을 받으니 고마울 뿐이지.
안 박사 부부, 두 분은 세상에 없는 멋진 부부입니다. 두 분을 만나고 대화하는 것만으로도 행복하답니다. 지금처럼 건강하고 행복하게 살아가세요. 안 박사 부부가 있어서 항상 고마운 마음으로 살고 있다네. 자네 가족을 알게 되어 정말 행복해.

항상 우리 가족에게 행복을 선물로 보내주었지. 영원히 남을 이 글을 통해 진심으로 감사하다고 전하고 싶어. 아내도 기회 있을 때마다 안 박사에 대한 고마움을 표하고 있다네.

김용구 박사

친자식 이상으로 관계를 유지하고 있다. 모든 면에서 나를 부모처럼 극진히 정성을 다해 대한다. 내가 하는 일에 도움이 필요할 때 부탁하면 항상 동의해준다. 김 박사와의 만남을 기뻐하며 김 박사 고향인 영광에도 같이 가서 어머니와 인사도 나누었다.

김 박사, 고마워. 스승이라는 이유만으로 나에게 이렇게 잘해주고 있으니 항상 고마운 마음 가슴에 품고 세상 떠날 때까지 살아갈 거야.

소창영 박사

자네는 참으로 학구적인 제자야. 교장 출신이 지금도 대학생 이상으로 (전주도 아닌) 서울에서 공부를 하고 있다니. 자네의 성실하고 순진함은 나에게 항상 감동적이라네. 평생교육을 꼭 전공하겠다고 고집을 부리더니 지금도 계속 공부하고 있다고 들었네. 왜 공부하냐고 물으면 '자아실현'을 위해서라고 스스럼없이 말하는 훌륭한 제자 소 박사. 시간이 되면 연락하게나.

선종복 교장선생님

선종복 교장선생님은 철학을 공부하면서 나에게 딱 한 강좌를 수강했다. 한 학기 제자인데도 나에게 아낌없이 친절을 베푼다. 내가 ADRF 회장으로 일하는 줄 알고 스스로 우리 단체에 찾아왔다. 본인이 외국의 한국학교 교장도 역임했고, 국제 리더십과 국제이해 교육에 관심이 많다며 우리 단체의 봉사활동에 참여를 원했다. 그래서 지금은 우리 단체 부회장으로 활동하고 있다. 그 후 나를 여의도중학교 운영위원으로 위촉하여 1년 동안 다양한 학교 행사에 참여할 수 있었고 중학교 문화에 대해 많이 이해하게 되었다. 학교 급식이 너무 맛있어서 회의 직전에 가서 교장선생님과 한국 교육에 대한 토론도 하며 식사도 자주 했다. 지금도 나를 위하는 일이라면 거절하는 경우가 없다. 항상 긍정적이고 협조적이고 남에게 베푸는 삶을 살아가는 교장선생님이다.

장기하 교육장님

장기하 교육장님도 잊을 수 없는 인연이다. 교장 연수과정에서 단 2시간 수강했는데 그것이 인연이 되어 10여 년간 변함없이 나에게 사랑을 베푼다. 학교장, 단위교육 기관장 그리고 교육장으로 계시며 행사 때마다 강의도 많이 초빙해주셨다. 가족들과 같이 식사도 하며 정을 나누기도 했다.

정년퇴임 후 활동을 많이 하시고 운동도 열심히 하시는 교육장님의 모습을 보면서 기뻐하고 있어요. 우리 단체에 대한 관심 또한 감사합니다. 자주 연락 올리지 못해 죄송합니다.

김주현 선생

김주현 선생은 내 강의를 한 학기밖에 듣지 않았지만 내 강의를 들으며 참스승을 만났다며 감동했다고 한다. 그래서 결혼하게 되면 주례를 부탁하겠다고 했다. 그러던 어느 날 김 선생이 나를 찾아왔다. '교수님을 존경하며 살고 싶으니 결혼식 주례를 서 달라'는 요청이었다. 나는 이미 오스트리아 비엔나에서 개최되는 국제회의에 참여할 일정이 잡혀 있었고 비행기표까지 끊어놓은 상태였다. 그러나 이 제자의 요청을 거절할 수가 없었다. 급히 비행기표 날짜를 바꾸었고 주례를 선 뒤 외국 출장을 다녀왔다.

결혼식장에서 많은 하객들의 축하를 받는 김 선생의 모습이 보기 좋았습니다. 축복합니다.

신용배 교장

대학교수로 수십 년간 재직하다 보니 박사와 석사 제자들이 대단히 많다. 박사학위 제자는 15명, 석사학위 제자는 수백 명이나 배출되었다. 그런데 제자들 가운데 어떤 형태로든지 인간관계가 이어지고 전화할 정도의 제자는 20명 내외이다. 신용배 교장도 그 가운데 속한다. 처음 만났을 때부터 성격이 차분하고 글솜씨가 대단하다는 것을 알았다. 내가 외국 생활을 많이 했고 글을 잘 쓰지 못하기 때문에 글 잘 쓰는 사람을 만나면 항상 존경스럽고 부러웠다. (대학원생들에게 나의 연구보고서를 수정, 보완하는 일을 많이 시켰다. 나를 도와준 많은 제자들에게 그동안 고생이 많았다고, 그래서 항상 고마운 마음을 가지고 살아왔다고 이 자리에서 분명히 전하고 싶다.)

교장이 쓴 글과 대화 속에서 알게 된 일이지만 어릴 때부터 할머니 품에서 자랐다는 이야기를 들었다. 교육청 부모교육 전문강사로도 활동하고 있어서 나하고 부모교육에 관한 토론도 즐겁게 했다. 스승을 강의에 초빙하는 것이 쉬운 일이 아닌데 신 교장은 기회 있을 때마다 강의 기회를 만들어주었다. 특히 경기도 파주지역 초빙교장으로 재직하고 있을 때 초대받아 강의도 하고 점심 대접도 잘 받은 기억이 있다. 부부간에도 같이하는 자리를 여러 번 가졌다. 만남에 부담이 없고 전화 통화도 자주 하는 편이다. 특히 2017년 초 교육포럼 창설을 앞두고 취지문을 구상하면서 이리저리 궁리하다가 신 교장의 글솜씨가 생각나 연락했더니 흔쾌히 수정을 맡아줬다. 사제간에 이러한 끈끈한 관계를 유지하며 살아가는 것이 그냥 행복하기만 하다.

> 모든 제자들이 건강하고 행복한 삶을 살아가기를 바라는 마음 간절합니다. 제자들도 벌써 정년퇴직을 하고 나이가 들어가면서 아픈 데가 있다고 하니, 스승으로서 마음이 편치 않습니다 그려.

김현희 선생

김현희 제자는 거제도에 산다. 우리 부부를 거제도로 초대한 일도 있었다. 거제도 옥포고등학교 학생들을 대상으로 한 특강에 강사로 초빙해주기도 했다. 1년에 몇 번씩이나 걸려오는 전화에서 항상 따뜻함을 느낀다. 일생을 살아오면서 나 스스로 스승이나 은인들에게 실천하지 못했던 사랑을, 제자들에게 받으니 스승들에 대한 미안한 마음이 가득하다. 연말이면 보내오는 카드에는 제자의 정성이 담겨 있다. 카드를 벽에 붙여놓고 이따금 미소를 짓는다.

"다가오는 새해에도 항상 건강하시고 소망하시는 일 모두 평안 속에서 이루어지시길 바랍니다. 교수님, 하늘의 복과 땅의 복이 모두 임하시기를, 가정에도 이 축복이 함께하시길 기도하겠습니다."

"축제를 맡아 좌충우돌, 야단법석이었던 시간들, 숨 가쁘게 바쁜 일들을 보내고 이제 올 새날 새해를 준비하고 있습니다. 든든한 큰 나무처럼 제 인생의 스승으로 자리 잡고 있는 교수님을 생각하면 행복한 미소가 떠오릅니다. 새해, 몸과 마음이 더욱더 건강하시고 풍성하고 기쁘고 행복한 일이 많아지시기를 기도하겠습니다!"

"한 해를 보내면서 교수님 얼굴을 떠올리는 것은 저에게는 행복한 일상입니다. 교수님께선 소년 같은 함박미소로 많은 사람에게 희망과 소망과 열정을 쏟아 부으셨겠지요? 새해 항상 건강하시고 세상의 빛과 소금의 역할을 감당하시기에 부족함이 없는, 하나님의 은혜와 축복 있으시길 기도하겠습니다!"

김영종 교장

김영종 교장은 교원대 석사과정 1호 제자이다. 첫 제자라 각별한 의미가 있다. 교원대에서 맺은 인연이 수십 년이 지난 지금까지도 변치 않고 스승과 제자로 서로 아끼며 지낸다. 포항제철교육재단에 있을 때 부모교육 강사로 나를 여러 차례 초청해주고, 포철 영빈관 숙소도 예약해서 우리 부부간에 편히 다녀가도록 배려해주었다. 포항제철은 다른 기관에 비해 강사료가 높아서, 제자도 보고 여행도 하고 돈도 많이 받았다. 제자가 있어서 이러한 행복을 누릴 수 있었다. 연초에 기다려지는 두 장의 연하장은 바로 거제도 제자와 김영종 교장의 연하장이다. 그리고 그 연하장을 내가 늘 볼 수 있는 곳에 붙여두고 보고 또 보며 1년을 흐뭇하게 보낸다.

유정숙 선생

유정숙 선생의 전공은 영어교육이다. 학부 전공은 교육학이며 영어교육을 부전공했는데 영어 전문가가 되고자 대학원에 왔다. 교사들을 위한 대학원 계절학기 강의에서 만났는데, 많은 수강생 가운데 단연 적극적이었다. 수강생들 간의 인간관계도 아주 좋아 보였다. 자신의 학문적 발전을 위해 부단히 노력하여, 태국과 중국의 외국 학교에서도 근무했다. 무슨 일이든지 돕고 싶어 하는 마음가짐을 갖고 있다. 이 글을 손가락 가는 대로 써서 글이 엉망인데 글을 매끄럽게 다듬어주었다.

유 선생은 어려운 환경 속에서도 멈추지 않고 지속적인 자기 발전을 꾀하고 있다. 자신만이 아니라 자녀들의 교육에 대한 열정도 대단하다. 유 선생의 도전적인 정신을 높이 평가한다. 꼭 성공적인 삶을 살아갈 것이라고 확신한다.

유 선생과는 대학원 과정에서 학생들과 계룡산 등반 등을 함께했던 추억도 있다. 비록 한 학기밖에 내 강의를 듣지 않았지만 잊지 않고 안부를 전하고 해외에서도 스승의 날을 기억하여 꼭 메일을 보낸다. 벌써 10년째 지속되고 있는 즐거운 만남이다.

유치원 원장님들

부산의 한독유치원 정향숙 원장, 부산 쁘띠쁘아 설부영 원장, 익산의 생태유치원 김용임 원장, 모두모두 감사합니다. 관광과 부모교실 강의에 강사로 여러 번 초대해주어 감사합니다. 벌써 먼 추억이 되었어요. 모두 우리 단체 ADRF를 후원해주어서 감사합니다.

• 깊은 물속에 잠기듯이 감정의 밑바닥까지, 인연이 쉬고 있는 밑바닥에 이르기까지 깊은 생각에 잠겼다. 인연을 아는 것은 사고요, 사고를 통해서만 감각은 인식되어 소멸되지 않을 뿐 아니라 본질적인 것이 되어 그 속에 있는 것이 빛날 수 있다고 생각된다. –H. 헤세

세 분의 학원장_문상주, 김오차, 하광호 원장

문상주 한국학원총연합회장은 내가 교육부에서 근무할 때 대통령 교육자문위원으로 같이 활동했다. 사회교육법 제정을 준비하는 과정에서 하위 법으로 학원법도 함께 작업했다. 문 회장은 한국의 학원 역사와 함께한 인물이다. 우리나라 학원 정책을 만드는 과정에서 나는 학자 대표로 참여해 연구와 발표를 많이 했고, 특히 최초로 우리나라 학원사를 발간하는 데 주도적으로 참여하였다. 학원법 제정 및 정책 추진 과정에서 여러 학원인들을 만났는데, 이때 김오차 원장, 하광호 원장과도 인연을 맺었다.

문상주 회장은 내가 한국 사회에 적응하는 데 많은 도움을 주었다. 전국 학원을 순회하며 강사연수도 같이 진행했다. 특히 문 회장이 서울시청소년육성회 총재로 있을 때 부설기관인 서울시청소년지원센터 소장으로 나를 추천하여 정년퇴임 후 2년간 청소년 업무를 더 할 수 있었다. 지금도 나를 형님이라 부르며 격의 없이 수시로 대화를 나누고 한국 교육을 걱정하기도 한다. 내가 봉사하고 있는 단체인 ADRF에 큰 도움을 주고 있다. 1980년 초에 만나서 지금까지 좋은 관계를 유지하고 있다. 문 회장의 도움을 많이 받았는데 내가 문 회장을 도와준 일은 그다지 없는 것 같아 무거운 짐을 안고 살고 있다.

김오차 원장도 학원 정책 관련 업무 중에 만났다. 수십 년 전이나 지금이나 하나도 변함이 없다. 나는 참으로 많은 분들의 도움과 사랑을 받으며 살고 있다. 언제 전화해도 웃고 베푸는 낙천가이다. 명절 때마다 선물을 보내주기도 한다. 감사한 마음이 끝이 없다. 같이 늙어가면서 나는 줄 수 있는 것이 없어 부담이 되기도 한다. 그래서 이렇게 내 마음을 글로 남기고 보답하고자 한다. 감사해요, 김오차 원장님.

하광호 원장도 역시 마찬가지로 학원 정책 업무 중에 인연을 맺었다. 고등학교 후배이기도 한 하 원장은 교사로 시작하여 학원장이 되었다. 하 원장도 문 원장, 김 원장처럼 나에게 베풀어주고 있다. 후배님, 감사해요.

이 세 분은 만난 지 40여 년이 지났지만 지금도 형제같이 가깝게 지낸다. 나에게 베풀어주는 사랑을 글로 다 표현할 수 없다. 세 분 모두 한결같이 나를 형님처럼 따르고 인생 멘토로 여기며 살아가고 있다. 부족한 나를 인정해주니 황송할 따름이다. 지금도 자주 만나서 한국 교육에 대해 같이 걱정하기도 한다.

세 원장님! 학원 가족과 인연이 되어 지금까지 경제적으로도 많은 도움을 받았는데, 인간적인 인연이 40여 년간 계속되고 있어 매우 고맙고 행복합니다.

이재정 교육감

이재정 현 경기도 교육감은 당시 국회의원으로 계실 때, 나는 한국청소년정책개발원장으로서 직무 수행 중에 만났다. 몇 년이 지난 후 민주평화통일자문회의 부의장으로 부임하셨는데, 기회 있을 때마다 내가 참여할 수 있도록 불러주셨다. 특히 평통 분과 위원장은 장관급이 맡게 되어 있는데 나를 청소년체육분과위원장으로 4년간 활동하게 해주셨고, 모임이 있을 때마다 특별히 나를 소개해주셨다. 이 기간에 북한 평양 방문이 두 차례나 있어서 금강산도 방문할 수 있었다.

교육감님, 부족한 저를 이끌어주셔서 감사합니다. 지금은 경기도 교육감으로 계시니 뵙기가 어렵습니다.

나를 대상으로 박사논문을 쓰는 김혜자 선생

김혜자 선생은 내게 박사학위를 받은 김용구 박사를 통해 알게 되었다. 김 선생은 내 이야기를 전해 듣고 책을 찾아보고 존경하게 되었다며, 최선을 다해 스승처럼 모시고 싶다고 했다. 나 역시 김 선생이 쓴 『송이도 아닌 백 그루 장미』라는 책을 읽고 우리나라에서 귀감이 될 훌륭한 교사라고 생각하고 있던 터였다. 어떠한 학생이라도 생활지도와 상담을 통해서 지도할 수 있으며, 이 세상에 문제학생은 없고 사회가 문제학생, 비행학생으로 만든다는 내용이었다.

과연 어떠한 교사가 좋은 교사일까? 소외되고 학교생활 적응에 어려움이 있는 학생들을 따뜻한 가슴과 사랑으로 지도하여 행복한 삶을 살아가도록 하는 교사, 바로 김 선생이 그러한 실천하는 교사이다. 모범교사로 언론에도 소개되었고 큰 상도 많이 받았다.

그런 김 선생이, 이 시대에 만나기 어려운, 모범이 되는 참교사로 나를 지목하여 극찬을 했다. 그리고 나를 연구대상으로 박사논문을 쓰겠다는 것이다. 주제는 '평생교육자로서의 권이종'

이다. 나처럼 살아온 사람이 세상에 많으니 다른 분을 찾으라고 했지만, 이미 지도교수와 의논하여 논문 주제로 정해졌다고 했다. 가장 밑바닥에서 시작하여 차관급 공직 생활과 대학교수가 된 과정에 대해서 심층 탐구하겠다고 하니 말릴 수가 없었다. 논문은 현재 진행 중에 있다.

벌써 동남아 여러 나라 대학과 교수, 대학원생 가운데에 나를 대상으로 하여 연구가 진행하고 있거나 끝난 경우도 있긴 했다. 독일과 스위스의 연구기관과 일본 대학, 방송사들도 그러했다. 여러 나라에서 특강 요청도 있었다. 한국에서는 이미 나의 이야기 일부가 '국제시장'이라는 영화로 제작되어 국내외에서 흥행했다. 문영숙 작가가 『글뤽아우프, 독일로 간 광부』라는 소설로 발간하여 2015년 문화관광부 세종도서 문학나눔 도서로 선정되었다.

다른 훌륭한 사람이 많은데 나를 박사논문 대상으로 선정해주신 김 선생에게 황송합니다. 나는 오히려 김 선생을 모범적인 참스승이라 생각하고 있습니다.

권재경 교수, 나를 대상으로 박사논문을 쓰다

권재경 교수는 KBS 인재개발원 교수이며, 아주대 대학원에서 박사과정을 밟고 있다. 어느 날, 최운실 교수 소개로 전화를 했다며 최 교수가 지도교수라는 것이었다. 처음에는 우리 봉사단체와 관련된 일인 줄 알았는데 막상 만나보니 김혜자 선생과 마찬가지로 나를 대상으로 박사논문을 쓸 계획이라고 했다. 주제는 '생애사건을 통한 전환학습경험 연구', 부제는 '두 평생교육학 교수의 내러티브를 중심으로'라고 했다. 처음 만났지만 인상도 매우 좋고 학구적이고 따뜻한 마음을 가지고 있음을 알게 되었다. 더욱이 37년 전 나를 아낌없이 도와준 최운실 교수가 추천한 인재라고 하니 거절할 이유가 없었다. 필요한 자료도 챙겨주고 인터뷰도 응해주었다. 학위는 2017년 8월에 받는다고 한다.

> 두 분의 지도교수님, 미천한 저를 대상으로 논문주제를 허락해주심을 부끄럽게 생각합니다. 황송합니다. 세상에 인생 모델이 많은데도 불구하고 저를 대상으로 논문 쓰시는 두 선생님에게 무어라 표현해야 할지 모르겠습니다.

정년퇴직한 한국교원대 교육학과 교수들 모임

교원대 초창기부터 같이 지낸 교수들과 정년퇴임 후 친목 모임을 만들었다. 나는 2006년 3월 정년한 후부터 참여했다. 제일 먼저 퇴임한 정태범 교수를 필두로 백종억 교수, 이병진 교수, 김종건 교수, 그리고 내가 모였다. 그런데 가장 나이가 적은 김종건 교수가 2년 전 갑자기, 두 살 위인 정태범 교수도 불치의 병으로 사망했다. 그리고 백종억 선배 교수도 수술을 했고, 이병진 선배 교수도 작은 수술을 했지만 건강하게 모임에 나오고 있다. 지금은 세 분만 모인다. 나도 오래전부터 허리와 목 디스크가 있지만 운동과 수영으로 이겨내고 있다. 같은 교육학과에서 6~7명의 교수들이 벌써 세상을 떠났다. 나도 언제까지 살지는 알 수 없지만 현재는 신체적, 정신적으로 현상 유지를 하면서 매일 새벽부터 우리 단체에 출근하여 즐겁게 일하고 있다. 우리는 분기별로 행복한 친목 모임을 가진다.

교수님들, 제가 바빠서 자주 뵙지 못합니다. 두 선배님들 건강하세요.

청소년 원로들의 행복한 만남

정년퇴임 후 2006년부터 청소년 정책이나 운동에 참여했던 사람들이 친목 모임을 만들었다. 만나다 보니 자연스럽게 청소년 정책이나 현안을 논의하게 되었지만 특별한 형식은 없다. 처음에는 몇 분이 모였는데, 지금은 관심 있는 분들이 많아져서 20여 명이 되었다. 자격은 특별히 정한 바 없으나, 전현직 청소년 운동에 참여했거나 관련 단체 기관장을 했던 분들이 중심이 되었다. 큰스님, 전직 장관들, 국회의원, 대학 총장, 전직 기관장들, 청소년 단체장을 했던 분들이 주요 면면들이다. 연령대는 70세에서 60세 전후가 되며, 식사비는 돌아가면서 부담하기로 했으나 특별한 경우 초대 형식을 띠기도 한다.

매월 셋째 월요일 오후 6시 20분이다. 모이는 장소는 초대자에 따라 달라지지만, 특별한 경우가 아니면 인사동 선천한정식 집에서 만나는데 항상 레드와인을 마신다. 즐겁게 대화를 나누며 음식을 먹는다. 특별한 일이 없는 한 모든 구성원들이 즐겁게 참여한다. 책 출간이나 개인적으로 좋은 일이 있으면 선물을 준비하여 나눠주기도 한다. 한국을 대표하는 대림병원을 운영하는 원장님은 가정으로 우리를 초대하기도 하고, 건강교육도 자주 하신다. 천주교 신자이기도 한 원장님 부부는 정말 가슴으로 우리들을 환영하고 선물도 한 분 한 분 나누어주신다. 음식을 포함하여 모든 준비가 손님에 대한 정성으로 넘친다. 한국 사회에서 가정 초대는 대단히 어려운 일인데 벌써 세 번이나 가정으로 초대했다.

나이든 지인들의 모임이라 매월 만날 날이 기다려진다. 내가 사회에서 만나게 된 모임 중에서는 가장 행복한 모임이다. 지역과 학교 출신도 다양한데 아무런 부담이 없다. 전문가 집단이라 청소년 정책, 청소년 문제, 정치, 경제, 문화, 교육, 종교, 여가, 취미 등 다양한 색깔의 대화가 이루어지고 있다.

> 매월 셋째 월요일이 기다려집니다. 모두 건강하게 지내시기 바라고, 오래오래 이대로 갑시다.

출판사와의 만남

나는 참으로 운이 좋은 사람이다. 독일에서 귀국하여 전공 책을 내고 싶은데, 출판사를 어떻게 접촉하며 비용이 얼마가 드는지 아무것도 몰랐다. 저자가 출판비용을 부담하는 거라 생각했고 인세라는 게 있는 줄도 몰랐다. 서점에 가서 교육 관련 출판사 책을 뒤지다가 눈에 띄는 두 출판사를 접촉하기로 했다. 교육과학사와 배영사였다. 항상 그랬던 것처럼 무조건 출판사 문을 두드렸다. 두 사장 모두 아주 호의적이었다. 만난 지 40여 년이 지났지만 지금도 교육과학사는 한 번도 거절한 일이 없이 나의 원고는 무조건 책으로 만들어준다. 김동규 사장님의 도움으로 첫 학술 분야 책을 냈기 때문에, 내가 교수로서 성장할 수 있는 기회를 만들어주었다고 할 수 있다. 그래서 교육과학사에서 내 책의 대부분이 출간되었다. 김동규 사장과 임직원 특히 정 부장에게 다시 한 번 감사한다. 우리 단체(ADRF)에 후원도 해주고 있으니 얼마나 감사한지 말과 글로 다 표현할 수 없다. 이렇게 고마운 분들이 많아서 그분들에게 조금이라도 보답하고자 이 책을 쓰게 된 것이다.

2017년 초 김동규 사장은 은퇴하시고 한정주 며느리가 사장이 되었다. 내가 인사차 회사에 방문하려 했는데 굳이 본인이 먼저 방문해야 한다며 우리 단체를 방문했다. 그런데 처음 만났는데도 내가 좋은 교육사업을 한다며 바로 많은 액수의 후원금을 매달 보내겠다고 약속했다. 머리와 말로는 좋은 일 한다고 말하기는 쉽지만, 이렇게 즉각적으로 실천하기는 어려운 일이다. 1980년대 초 아버님과의 첫 만남 때 느꼈던 그 감정을 다시 느꼈다.

그리고 배영사에서도 10여 권의 교육신서를 출간했다. 이 외에 정민사에서 한국 사회에서는 최초로 『개방대학』이라는 책을 출간했다. 자랑하고 싶은 책이 많이 있다. 『사회교육 및 청소년 프로그램 편람』은 남정걸 교수와 같이 공동 집필했다. 컴퓨터도 없는 시절에 원고 수천 매를 수작업하여 973쪽의 책을 출간했다. 우리나라에서 최초로 『청소년 교육개론』, 『평생교육개론』, 『평생교육의 이론과 실제』, 『폭력은 싫어요』, 『전화 상담의 이론과 실제』, 『청소년 교육』, 『청소년학 용어집』 등 청소년 전문 서적 10여 권, 『청소년 이해론』, 『가정교육 이론과 실제』, 가정교육 시리즈 등 최초로 쓴 책들이 많다. 총 63권의 책을 출간했는데, 지금도 매년 한 권씩 출간하려고 노력하고 있다. 출판사와 관련하여 계몽사에서도 여러 권 책을 출간했다. 허필수 사장에게도 감사 인사를 하고 싶다. 1990년대 대입 관련 학습지로 아주 성공적인 사업을 하실 때였다. 나를 자문교수로 초빙하여 넓은 사무실에서 열정적으로 일하게 해주셨다. 교보문고와 한국학술 정보원, 교학사 등에서도 책을 냈다. 도서출판 이채 한혜경 사장은 2004년 『교수가 된 광부』라는 책을 출간하여 지금까지도 끈끈한 인간관계를 맺고 있다. 지금도 원고만 있으면 책을 출간해주려는 출판사들이 있어 행복하다.

63권의 부족한 원고를 책으로 출판해주신 모든 사장님들께 감사드립니다.

문영숙 작가

문영숙 작가와의 만남은 2014년에 시작되었다. 봉사단체인 ADRF 사무실로 전화가 왔다.

"아동청소년을 위한 역사소설 작가인데요. 권이종 선생님이신가요? 한번 만나 뵙고 싶습니다."

그렇게 날짜를 정해서 용산 사무실에서 만났다. 문 작가는 『꽃제비 영대』, 『독립운동가 최재형』, 『검은 바다』 등을 썼다. 그는 독일로 간 광부와 간호사에 대한 소설을 쓰고 싶다고 했다. 그런데 이미 나에 대해 여러 정보를 들었다며 특별히 나를 소재로 소설을 쓰겠다는 것이다. 그래서 나는 도움이 필요하면 적극 도와주기로 했다. 그 후 자료를 최대한 모아서 전달했고, 출판사 사장과 관계 직원들과 만나 소설 집필에 착수했다. 소설 제목은 『글뤽아우프, 독일로 간 광부』이다.

이 만남 또한 우연이라기보다는 운명이라고 말하고 싶다. 내가 소속한 단체가 효창동에 있고 문 작가도 효창동에 살고 있어 자주 만나 허심탄회하게 대화를 나누었다. 문 작가는 충남 서산에서 태어났고 2004년 제2회 푸른문학상과 2005년 제6회 문학

동네 어린이문학상을 수상했다. 이 세상에 없는 귀한 책을 써주셔서 감사한 마음뿐이다. 책을 출간해주신 서울셀렉션 김형근 사장에게도 감사함을 전하고 싶다.

문 작가님, 원고 쓰시느라 고생 많이 했습니다. 감사합니다. 우리가 서로 바빠서 자주 만나지 못하네요?

초등동창 정계수 부부와 이미선 이사장 부부

잘 아는 교수 부부와 여행을 같이 갈 기회가 있었다. 여행 목적지에 도착하여 저녁식사 시간이 되었는데, 상대방 부인이 밥과 반찬을 따로 하고 식사도 각자 하자는 것이었다. 많은 사람들과 함께 여행을 다녀봤지만 이런 일은 처음이었다. 하지만 상대방이 원하는 대로 맞춰주었다. 부인만 그런 것이 아니라 상대방 교수도 아무렇지 않게 생각한다는 게 더 불편했다. 식사를 따로 따로 하며 어색한 분위기 속에 여행을 겨우 마쳤던 기억이 있다.

같이 여행하게 되면 식사와 관광코스 등 계획 단계에서부터 함께 준비하고 결정해야 한다. 연인 간에도 여행을 같이해봐야 상대방을 가장 잘 이해할 수 있다는 말이 있다. 더러는 신혼여행 가서 이혼하는 경우도 있고, 친구들과 같이 여행가서 여행 도중에 돌아오는가 하면 평생 원수가 되어 사는 경우도 종종 본다.

그런데 초등학교 동창 정계수 부부는 언제 만나도 즐겁고 함께 여행을 하면 더 행복하다. 부인들 간에도 사이가 좋다. 편안하고 부담이 없고 서로가 아낌없이 베푸는 사이이다.

또한 이미선 이사장 부부는 사회에서 청소년 업무 관계로 20

년 전 만났는데, 그냥 행복하고 좋다. 아내가 제일 좋아하는 가족이다. 언제라도 이 가족을 만나는 데 찬동한다. 언제라도 두 가족이 만나서 여가시간을 보내고 밤새워 정담을 나누기도 한다. 나에게 최선을 다하는 인간애를 느낄 수가 있다.

그대들이 있어 내가 행복합니다.

• 생명을 가진 것 치고 안전한 것은 없다. (중략) 인연이 닿는 시각을 피할 도리는 없는 것이다. 그것을 피하는 첫 길은 아예 인연을 아니 맺을 것이요, 이왕 맺힌 인연이어든 앙탈 없이 순순히 받는 것이 둘째 길이다.
– 이광수

3장
열정을 다한 후회 없는 인연

百年의 약속 결혼촛불

결혼촛불은 영원한 사랑의 빛, 새생명의 빛이다. 가정이 어둠이 아닌 밝은 빛으로 밝힐 것을 기원한다. 암흑은 생명이 꺼짐을 말한다. 촛불 빛은 가족 빛과 생명의 빛 길로 가고 있다. 미래의 밝은 행복과 일심동체가 된다는 뜻이다. 촛불이 꺼지면 부부 사랑도, 가정도 암흑이다. 앞으로도 결혼초는 50년 더 켤 수 있다. (사진은 저자가 결혼식 때 마련한 초)

내 일생 일순위 친구 고(故) 김태우 회장

내가 사회에서 만난 친구 중 일순위는 김태우 회장이다. 김 회장은 지금 이 세상에 없다. 그와의 이야기는 책 한 권을 써도 모자랄 만큼 많다. 내가 좋아하고 지난 7년간 나를 행복하게 해준 친구이다. 김태우 회장을 만났기 때문에 한국파독광부간호사간호조무사연합회(이하 '파독협회')를 창설하고 파독근로자기념관(이하 '기념관')을 건립할 수 있었다.

어느 날 김태우 회장의 전화가 왔다. 파독협회를 조직하자는 내용이었다. 나는 당시 서울시청소년지원센터 소장을 맡고 있었고, 국립대 교수로 일을 해온데다가 협회 비용 문제 때문에 참여가 어려울 것 같다며 거절했다. 그런데 김 회장은 경제적인 문제는 생각하지 말고 참여만 해달라고 요청했다. "국내외 많은 회원들과 사람들이 본 협회를 결성하여 운영하기 위해서 파독 광부 출신으로서 차관급 기관장을 지내고, 국립대 교수생활을 해온 권이종 교수를 꼭 참여시키라고 요청했다"라고 했다. 여러 차례 요청에도 불구하고 나는 참여하지 않았다.

2007년 7월 무더운 여름날, 갑자기 내 사무실이 있는 을지로 청소년수련관 앞으로 김태우 회장이 직원들을 데리고 왔다. 무조건 함께 가자며 내 사무실 집기를 싣겠다는 것이었다. 창문으로 내려다보니 2톤짜리 용달에 이미 와서 대기 중이었다. 거절할 새도 없이 일꾼들과 김 회장이 직접 짐을 실어 옮긴 곳이 충무로 남산 밑 한국의 집 옆 김태우 회장의 신영영화사 사무실 4층이었다.

그곳에서 김 회장과의 파독협회를 만드는 고된 일이 시작되었다. 1년여에 걸쳐 일한 끝에 고용노동부장관으로부터 법인설립 허가통보를 받았고, 법인설립 허가증은 2010년 10월 13일에 접수되었다. 또한, 법인설립 과정에서 고용노동부 허가를 위한 서류 제출을 위해서 법인재산 등록통장이 필요하다고 하여 김 회장이 법인 설립을 위한 경비를 예치했다. 그 이후에도 김 회장은 파독협회 설립과 운영을 위해 지난 7여 년간 여기서 하나하나 밝힐 수 없는 수많은 경비를 모두 부담했다.

사단법인 조직을 위해서는 회원이 필요했다. 그동안 비공식적으로 서울 지역에서 연락이 닿은 회원 20~30명과 함께 충무로 김 회장 사무실에서 발기인대회를 열었다. 그 후, 고용노동부와 행정안전부를 통해 파독 광부 출신 천여 명의 주소록을 확보했다. 그 명단으로 파독협회 조직의 취지와 필요성을 담은 공문을 발송했는데, 70여 명만 가입 의사를 밝혔다. (2008년 70명, 2009년 150여 명, 2010년 200여 명, 2011년 400여 명, 2012년 450여 명, 2013년 700여 명, 현재 1,000여 명으로 꾸준히 증가했다.)

고용노동부는 파독 광부 출신들의 연금 잔액을 모든 회원들에게 나누어주는 일에 우리 파독협회가 협조할 것을 요청했다. 고용노동부에서는 국내에 주소지가 있는 회원들에게 많게는 8만원, 적게는 5만원의 적립금 잔액을 돌려주고자 한다는 편지를 보냈다. 하지만 대부분의 회원들이 주소 불명으로 되어 있었으며, 많은 회원들이 독일 광산에서 일을 마칠 때 연금을 모두 수령했다며 필요없다고 했다. 전 세계에 흩어져 있는 회원들에게 적립금 잔액을 일일이 보내줄 수 없기 때문에 고용노동부에서는 해결 방법으로 법인체가 있는 지역인 한국(새로 조직), 독일, 캐나다, 미국 등에 적립금 잔액을 회원 수에 비례하여 나누어주었다. 이때, 한국 법인체는 적립금 잔액과 정부의 일부 보조금을 합하여 3억 4천200만 원을 받았다. 주요 예산 집행 내용으로는 2008년 서초동 파독협회 사무실 구입비에 2억 8천여 만원(VAT 포함)을 지출했고, 나머지 잔액은 국가기록원에 넘기는 영화 제작과 『파독 광부 45년사 백서』 발간비와 행정실 여직원, 아르바이트생 경비로 지출되었다.

2010년에는 1년 내내 고용노동부와 법인체 운영에 관해 협의했다. 고용노동부장관은 임원진과의 만남에서 협회의 원활한 운영과 발전을 위해 광부 출신뿐 아니라 간호사와 간호조무사 출신도 협회 회원으로 가입하도록 권고했다. 2011년에는 총리 공관으로 광부와 간호사 출신 20여 명이 오찬에 초대받았다. 또 한국 대통령과 독일 대통령의 만찬 자리에 김태우 회장과 내가 초대되었다. 이 자리에서 양국 국가원수들은 먼저 파독 광부와 간호사, 간호조무사 들이 양국의 국가 발전에 기여했음을 언급했으며, 대통령 홍보실장을 통해 파독협회 측은 휴식공간과 보은 차원에서 기념관 건립을 추진할 것을 요청했다. 그 후, 국무총리실 실장과 과장 등 관계 기관들과 예산 신청에 관해 협의했다. 파독협회 임원들이 수차례에 걸쳐 국회를 방문하여 기념관 예산 확보에 관한 협의가 진행되었다.

2011년 5월, 기념관 건립사업 예산안을 고용노동부에 신청했으나 부처 차원에서 어려움이 있다는 의견을 듣고 몇몇 국회의원, 국무총리실과 협의한 결과, 기획예산처나 국회예결위원회에 직접 신청하는 방안이 있다는 정보를 듣게 되었다. 여러 정부 부처와의 상담 결과에 따라, 국회의원을 통해 예결위원회에 예산을 신청했다. 2011년 12월 31일, 국회 예결위원회의 통과 결과, 기념관을 위한 국고 25억 원이 확보되었다. 기념관 예산이 노동부로 배정, 한국산업인력공단으로 하달되어 공단에서 이 사업을 추진했다. 2013년 5월 21일, 드디어 역사적인 기념관 개관식을 하게 되었다. 그러나 김 회장은 이미 우리 곁을 떠난 뒤였다.

❧

김태우 회장과는 잊을 수 없는 추억과 가슴 아픈 일을 함께했다. 파독근로자 영화 '2009 고난의 벽을 넘어 기적의 라인강으로' 제작을 위해 독일 출장을 갔다. 독일인 처형 하크 박사의 집에 머물면서 열흘간 새벽부터 촬영을 위해 강행군을 했다. 경비를 절약하기 위해 장비 이동부터 촬영, 배우, 감독 역할까지 되도록 자체적으로 해결하려고 했다. 김 회장은 감독 겸 촬영을 담당했고 나머지 모든 조수 일은 내가 맡았다. 영화판 일을 해본 적이 없는 내게 모든 것이 낯설었다. 김 회장과 나는 자주 의견 충돌을 일으켰다. 다큐멘터리 영화를 제작하면서 김 회장의 사명감과 집념이 얼마나 무서운지 알게 되었다.

하기야 그는 독일 광산에서도 독일 사람보다, 그리고 한국 광부 중에서 가장 봉급을 많이 받았을 정도로 지독하게 일한 사람이다. 그 결과 건강이 안 좋아 항상 기침을 달고 다녔다. 독일에서 촬영 중에도 기침은 멈추지 않았다. 촬영은 서울에서도 계속되었다. 같이 다니면서 보니 조금 걷다가 쉬고를 계속했다. 특히 지하철 층계를 올라가기 힘들어했다. 한번은 남해 보리암을 가는데 약간 언덕진 길이 있었다. 너무 힘들어해서 내가 계속 팔짱을 끼고 가다 쉬고 가다 쉬고를 반복했다.

사망 전 고대병원에서 나의 손을 꼭 잡고 "권 교수, 나는 더 이상 살 수 없어. 그러니 협회를 잘 부탁하네" 하며 유언 같은 표현을 했었다. 7년 동안 나에게 모든 것을 베풀고 세상을 떠났다. 가슴 아프게 보고 싶어 매일 사진을 보면서 위로하고 있다.

~

김태우 회장은 1960년 고려대 입학, 1962년 군 제대 후 재학 중인 1964년에 독일 광부로 떠났다. 1965년 독일 광부자격증을 취득하고 1968년 귀국 후 영화계에 입문했다. 1969년 신영영화사를 창업하여 국가홍보영화, 서울지하철, 포항제철, 대덕연구단지, 원자력연구소, 선박연구소, 현대조선소 등의 수많은 영화를 제작했다. 1993년에는 이어령 선생과 '달리는 한국인'이라는 엑스포 다큐를 제작하기도 했다. 1997년에 현대장비를 도입하여 '쉬리', '실미도', '신라의 달밤', '집으로', '공공의 적', '왕의 남자', '추적자', '7급 공무원', '우생순' 등 많은 영화에 촬영장비를 제공했다. 지금도 한국을 대표하는 영화사로, 딸이 물려받아 운영하고 있다. 2008년 김 회장은 고려대를 뒤늦게 졸업하고, 같은 해 서울시대문화상과 대중예술상을 받았다. 파독협회를 조직하고 양재동 기념관을 개관하는 데 여생을 보냈다. 그가 없었으면 협회와 기념관 건립은 불가능했다.

> 사랑하는 친구 김태우, 정말 보고 싶지만 볼 수 없군. 내가 세상에서 만난 친구 중에 일순위가 김태우 자네일세. 처음 만나서 사망할 때까지 나와 가장 많은 시간을 보냈지. 그때 참 행복했었어. 세상 떠난 지가 벌써 4년이 되었는데 나는 자네 사진을 이곳저곳에 두고 보고 또 보고 있다네. 지금은 의료기술이 많이 발달되어 치료가 다 되는데 왜 자네는 안 되어 우리 곁을 그렇게 빨리 떠났는가?
> 자네를 아는 사람은 모두 한결같이 자네를 좋은 사람이라고 이야기하고 있다네. 자네와 내가 만든 파독협회는 자네가 세상을 떠난 뒤에도 회원 수가 계속 늘어 현재는 1,000명이 넘

었어. 그런데 자네에게 말하기가 부끄럽지만, 회원들 간에 갈등이 있어 어려움이 대단히 많았다네. 나도 자네가 없는 파독협회를 바로 떠나서 지금은 다른 단체에서 봉사하고 있어. 불러도 소용없는데 이렇게 불러본다네. 듣고 있는가, 자네. 김태우 친구, 사랑해. 그리고 보고 싶다네.

이 자리에서 김태우 회장과 함께 초창기 파독협회 창립에 기여한 임원들인 염수용, 성호현, 박상배, 권광수, 신광식, 양동양, 김병연, 황보수자, 윤기복 님과 후배 장석재 회장, 김춘동 회장에게 한 회원의 자격으로 감사의 인사를 남기고 싶답니다. 김태우 회장과 권이종은 하늘을 우러러 한 점 부끄럼 없이 파독협회에 봉사로 일했음을 분명이 밝히고, 그리고 파독협회는 김태우와 권이종의 작품이었다고 자신 있게 이야기할 수 있습니다.

마파엘 주한 독일대사와 대사들

독일은 나에게 일자리를 주었고, 돈을 벌게 하여 가난의 굴레에서 벗어나게 했다. 또한 대학을 다닐 수 있게 해준 기회의 땅이다. 내가 태어나서 자란 곳이 첫 고향이라면 두 번째 고향은 독일이다. 청춘 시절 희비애락을 고스란히 겪었던 나라이다. 독일 생활에 대하여 글로 쓰려면 끝이 없다. 그래서 나는 『막장광부 교수가 되다』라는 에세이를 써서 세상에 알렸고, 문영숙 작가는 『글뤽아우프, 독일로 간 광부』라는 나에 대한 소설을 출간하였다.

한국 경제 발전의 원동력을 언급할 때는 모든 연구자들이 파독 근로자 이야기로 시작하고 나에 대한 언급도 빼놓지 않는다. 그래서 텔레비전, 중앙일간지, 라디오 등 모든 매체들이 내 이야기를 주요 뉴스로 다루기도 한다. 지금도 각종 언론사에서 나에 대한 인터뷰가 끊이지 않는다.

독일과 스위스, 일본과 동남아에서도 나를 비롯해서 한국 광부와 간호사 전반에 대해 중요하게 다루고 연구와 보도를 계속하고 있다. 한국 근로자들은 성실하며 독일 경제 발전에도 기여한 공이 크다고 긍정적으로 평가한다. 광부와 간호사 출신들이 근로계약이 끝난 후 공부해서 박사학위도 받아 세계 여러 나라에서 활동하고 있다고 소개한다. 특히 미국과 캐나다에서 기업인으로 성공한 동료들이 많다.

독일이라는 나라는 자국에서 공부한 사람들에 대하여 계속적인 관심과 지원을 아끼지 않는다. 내가 공부하고 귀국한 지 50년이 지났는데도 독일 대사관과 문화원에서는 아직도 관계를 유지하고 주요 행사에 초대도 한다. 특히 대사관저로 초대를 많이 받았다. 행사 때마다 독일 광부와 간호사에 대한 언급을 인사에 포함시키기도 한다. 나는 독일로 간 광부와 간호사들의 근로계약 후의 생활 현황에 대하여 여러 차례 이야기했다. 독일문화원에서 추진하는 다양한 행사에도 적극 참여했다. 독일 정부의 정치인들이 한국에 오면, 대통령과 함께 어김없이 파독 광부, 간호사와 간호조무사를 초대하여 독일 경제 발전에 기여한 점을 극찬한다. 특히 최초로 한국 정부의 지원을 받아 뮐렌도르프의 일대기 책을 만들었는데, 기억에 남은 큰 업적이라고 자부하고 싶다. 또한 나는 주한 독일 대사들과도 각별한 유대관계를 유지하여 역대 대사들의 오찬 등에 초대받기도 했다.

특히 롤프 마파엘(Rolf Mafael) 대사를 잊을 수 없다. 내가 정년퇴임 후 우리 후세들에게 보여줄 교육장으로서 파독근로자기념관을 준비하는 데 독일 정부의 지원이 절실히 필요했다. 우리 기념관에 독일 현지의 광산 유물을 전시하고 싶었기 때문이다.

당시 마파엘 주한 독일대사를 만나 독일 광산과 병원 유물의 한국 이송과 관련하여 협의를 했다. 후속 조치로 기념관 설립 취지와 필요한 유물 리스트를 담은 편지를 독일 정부와 관련 기관에 발송했다. 독일 정부에서는 유물은 폐광촌 등에서 수집하여 기증할 수 있으나 운반비는 한국 정부와 또는 파독협회에서 부담하라고 했다. 그러나 한국 정부와 협회 모두 운반비를 부담하기에는 운송비용이 컸다. 당시 이명박 정부가 대한민국역사박물관 건립을 추진하고 있어서 유물 중 일부를 이곳에 매각하기로 실무자들 간에 협의가 진행되었다. 또한 남해 독일마을에도 전시실을 추진하고 있어서 일부 유물이 이곳에도 매각되었다. 드디어 운반비가 모두 해결된 것이다.

마파엘 독일 대사와 독일 정부가 적극적으로 협조해준 덕분에 독일 폐광촌에 있는 각종 장비가 우리에게 도착했다. 컨테이너에 실린 유물은 대한민국역사박물관과 양재동 우리 기념관, 그리고 남해 독일마을 등 세 군데로 나뉘어 전시되었다. 독일 정부의 도움과 관심 덕분에 세 곳 모두 어엿한 구색을 갖추게 되었다. 마파엘 대사의 도움과 관심으로, 불가능했던 일들이 이루어진 것이다. 그는 자신이 할 수 있는 데까지 최선을 다해 우리를 도와주었다. 우리 단체의 창립총회와 각종 행사 때마다 참여하여 격려해주곤 했다.

마파엘 대사를 비롯하여 독일 여러 대사님들과 독일 문화원장님들, 제가 독일 광부 출신으로 한국에서 활동하는 것을 이해하시고 항상 적극 도와주시어 감사합니다. 저는 독일 정부에 항상 감사하는 마음으로 살아가고 있습니다. 여러 가지 도움을 많이 받았지만 가장 가치 있는 것은 독일 국민정신입니다. 그 정신으로 오늘도, 내일도 살아갈 것입니다. 독일은 나의 제2의 고향입니다

• 불가에서는 길거리에 오고가는 사람끼리 잠깐 옷깃만 스쳐도 인연이라 한다는데, 어두운 밤거리 무서운 빗줄기 속에서 십 분 동안은 착실히 호흡을 맞추어 걸어왔으니 그것이 인연이 아니고 무엇이랴. -박화성

이정현 국회의원

이정현 국회위원은 내가 한국파독광부간호사간호조무사연합회 일을 하면서 만났다. 파독근로자기념관 건립을 위해 예산 지원이 필요했는데, 마침 그때 박근혜 전 대통령이 한나라당 비상대책위원으로 있을 때 국고에서 25억 원을 지원받을 수 있도록 도움을 주신 분이 이정현 국회의원이다. 모든 문제를 즉시 해결하는 열정과 추진력을 발견할 수 있었다.

2012년 7월 7일, 김태우 회장으로부터 급한 연락이 왔다. 저녁에 이정현 의원과의 식사가 있으니 저녁 시간을 비어두라는 내용이었다. 협회의 염수용 이사와 김태우 회장, 나는 독일에서 온 회장단과 미리 만나 기념관 예산 확보과정과 정부와의 추진과정에 대해 서로 의견을 나누었다. 저녁에 이정현 의원과, 기념관 예산을 실무적으로 담당한 기획예산처 이정도 과장 등과 기념관에 대한 진행 상황을 나누었다. 보고를 받은 이정현 의원은 그 자리에서 노동부장관에게 전화를 걸어 기념관에 대해 자세히 설명했다.

협회 회원들이 시작은 했지만, 국가가 움직여지게 된 결정적

계기는 이러했다. 이 의원이 총리 청문회에서 독일 광부에 대해 언급한 것을 계기로, 다음은 총리 공간 오찬에서, 그리고 청와대 독일 대통령 만찬 자리에서에까지 보고가 되었다.

협회 창립과 기념관 건립을 하기까지 김태우 회장과 나의 노력은 상상을 초월한다. 하나의 역사가 이루어지기까지 결실의 어려움을 다시 한 번 실감했다. 이정현 의원의 즉각적인 업무 처리 능력과 판단력에 대하여 매번 놀랄 정도로 감동을 받았다.

> 이정현 의원님, 의원님의 도움 덕분에 파독근로자기념관이 설립될 수 있었습니다. 우리 파독 근로자들은 의원님의 도움을 잊을 수 없습니다.

독일 광산 동료 오종식

독일에 갔다온 지 53년이 되었다. 독일 광부 출신 친구들이 많이 있지만 지금까지 끈끈한 정을 나누는 친구는 몇 안 된다. 오종식 형은 같은 광산에서 근무했다. 나이 차이가 나지만 나를 많이 아껴주었다. 오형에게서 감동을 많이 받으며 살고 있다.

오형은 충북 청원군 남이면에서 태어났다. 20리가 넘는 길을 걸어서 중학교를 다녔고, 17~20세까지는 미군부대에서 하우스보이로 일했다. 1957년 23세에 결혼하고, 1958년 제대 후 강원도에 가서 오징어잡이로 일하다가 옥계 금진탄광에서 광부 일을 했다. 결혼한 지 8년 만인 1965년, 셋째아이를 임신 중인 부인과 두 아이를 고국에 두고 독일 광부로 갔다. 부인은 세 아이와 시어머니를 모시고 가난한 가정을 꾸리느라 상상할 수 없는 고생을 했다. 착한 부인은 셋방살이를 하며 많은 눈물을 흘렸다. 다른 광부 지원자도 비슷하지만 당시는 독일행만이 가난을 탈출할 기회였다.

오형은 한국 광산에서 일한 경력도 있어서 다른 동료들보다는 담담했다고 한다. 독일 광산에서 일하는 데 인종 차별이나 임금

격차도 전혀 없었다고 한다. 체격이 작아 광산 내 장비를 다루는 일이 어려웠지만 돈을 번다는 즐거움으로 열심히 일했다. 병원에 오래 입원한 일도 있었는데 봉급이 크게 깎이지는 않았다. 3년 광산 일을 마치고 1년 더 연장하려 했으나 급성 위궤양이 생겨 1969년 귀국했다. 2남 1녀의 자녀들은 다 잘 키워서 결혼도 하고 남부럽지 않은 행복한 삶을 살아가고 있다. 바람이 있다면 우리 가족들이나 대한민국 국민들이, 파독 광부와 간호사 들이 한국 경제 발전에 기여했음을 알아주었으면 좋겠다는 것이다.

오형은 언제 만나든지 친형님처럼 대해준다. 오형은 동해에 있는 작은 아파트를 별장처럼 사용한다. 광부 동료들과 1년에 너덧 번 함께 산행을 한다. 오형의 동해 아파트로 찾아가, 묵호 어시장에서 사온 소라, 문어, 오징어와 함께 술을 마시며 독일 광산과 생활에 대한 이야기로 밤을 지새우기도 한다.

오형은 넉넉하지 못한 살림에도 우리 단체인 ADRF에 후원도 해준다. 우리 친구 10여 명이 용문산에 갔었는데, 딸과 사위가 일부러 나와 우리를 환영하고 점심도 사주었다. 과연 어느 집 딸과 사위가 아버지 친구들을 위해 점심을 사줄 수 있을까? 하나도 아니고 10여 명이나 되는데 말이다. 오형은 내 사무실에 올 때마다 무엇이든지 사온다. 딸이 커피 도매점을 하는데 내가 좋아하는 커피를 선물로 가져온다. 딸집에도 두 번이나 놀러 가서 많은 대접을 받았다. 그 부모 밑에 그 자녀라고, 딸도 아버지 친구들에게 호의를 베푼다.

오형이 몸이 많이 아파서 수술을 여러 번 했고 생명도 위험했었다. 병문안을 갔는데 병상에 누워 있던 오형은 갑자기 슬픈 표정을 하면서 열쇠를 하나 주었다. 동해 아파트 열쇠였는데, 앞으로 마음대로 사용하라는 것이었다. 가슴이 찡했다. 자녀들도 동의를 했다는 것이다. 세상에 이렇게 좋은 친구와 자녀들이 있을까? 우리 자녀가 아버지 친구에게 오형 딸과 사위처럼 할 수 있을까? 그런데 다행히 오형은 아주 건강해져서 나하고 자주 동해에 가서 그 아파트에 머물곤 한다. 현재 오형이 준 아파트 열쇠는 우리 집 옷장에 걸려 있다. 오형은 나와의 만남이 제일 행복하다고 늘 강조한다. 내가 시간이 많이 없어서 자주 만나지 못해 미안할 뿐이다.

독일 광산 동료 임정수

독일 광부 동료들은 고향별, 직장별, 기별, 취미별로 다양하게 만난다. 임정수 친구는 파독협회 모임이 있기 전까지는 모르는 사이였다. 어느 날 파독협회 주소록을 보니까 나와 같은 아파트 단지 안에 살고 있었다. 알고 보니 독일에서도 같은 광산은 아니었지만 비교적 가까운 지역에서 일했다. 지금은 가장 가까운 데 살고 있는 친구가 되었다. 이런 인연이 있을까? 임형의 고향은 내 고향과도 가까웠다. 임형은 남원, 나는 장수군 출신이다. 바로 이웃 지역이다. 자주 연락하여 산책도 하고 약주도 나누며 이런저런 세상 돌아가는 이야기를 하며 지낸다.

임형도 나와 마찬가지로 시골에서 어렵게 살았다. 독일 광산에 가서 일을 열심히 한 덕분에 다른 친구들보다 돈을 많이 벌었다. 한국에 돌아와 고향에서 정미소를 사서 돈을 모았다. 1988년경 서울로 올라와 강남에서 큰 사업을 벌여 돈을 많이 벌었다.

임형은 나와 같은 시골 출신이라 대화가 잘 통한다. 그래서 만나면 즐겁다. 나는 교사로 살아 와서 세상 물정을 잘 모른다. 그런데 임형은 여러 가지 사업을 해왔고 사회에서 여러 분야의 사람들을 만나 많은 경험을 쌓았다. 다양한 분야의 직업을 가진 사람들과의 이야깃거리가 풍부하다. 자녀와 손자손녀에 대한 사랑이 매우 지극하다. 두 아들을 남부럽지 않게 잘 키워서 좋은 직장에서 일하고 있다.

오형과 임형은 독일 광산 출신들 중에 가장 자주 만나는 친구들이다. 우리 남은 삶을 건강하게 살아가기 바랍니다.

독일 간호사 출신
김병연 회장, 황보수자 교수, 윤기복 회장

파독협회는 처음에 광부들 중심으로 시작했다. 그런데 법인체 등록을 준비하며 정부와 협의하는 과정에서 광부 외에 간호사들도 포함시키는 게 좋겠다는 조언을 들었다. 그래서 수소문했더니 이미 독일에 다녀온 간호사와 간호조무사 들의 모임이 각각 구성되어 있었다. 협회의 취지를 설명하고 두 단체에서 참여하도록 제안했다. 그 과정에서 간호사 측은 김병연 회장과 황보수자 교수를, 간호조무사 측은 윤기복 회장을 만났다. 세 분은 우리 단체 창설 초창기부터 지금까지 가장 성실하게 참여하고 있다. 이들 여성 회장단에 대하여 간단히 소개한다.

김병연 회장은 경북 고령에서 태어났다. 독일로 가기 전에는 대구 동산기독병원에서 근무했다. 1966~1973년까지 독일에서 근무했는데, 코블렌츠(Koblenz)에서 3년간 일하고 함부르크(Hamburg)에서 유학생과 결혼했다. 귀국해서는 가천의대 길병원 간호책임자로 18년간 간호 현장을 지켰다. 파독협회 일을 참으로 열심히 도와주었다. 부회장과 감사 등을 거치면서 협회가 어려울 때마다 리더십을 발휘하여 협회 발전에 크게 기여했다.

집은 인천이고 협회는 강남인데, 건강하지 못한 몸으로도 회의에 빠지지 않고 열심히 참여했다. 기름값도 도와주지 못했는데 인천과 서울을 무수히 왕래했다. 항상 원칙을 지키려 노력했고 불의는 용납하지 않았다. 협회를 위해 후원금과 여러 가지 경비를 아끼지 않고 지출해주었다.

황보수자 교수는 일본 나고야에서 출생하고 대구에서 간호학과를 졸업했다. 1966~1969년까지 독일에서 근무했는데, 주립 베스트팔렌 소아과 병원에서 3년간 일했다. 귀국하여 이화여대병원을 거쳐 1995년 백병원에서 간호부장으로 총 19년간 근무했다. 서강대를 나와 서울대 간호학과 석사, 연대에서 간호학과 박사학위를 취득했으며 그 후 인제대 교수로 근무했다. 방송 출연과 언론 인터뷰도 많이 하고 협회 일에도 열심히 참여했다. 정말 성실하게 참여하는 회장이었다. 항상 학자답게 메모를 열심히 했다. 정도 많아서 회의 때마다 빈손으로 오는 법이 없었으며 협회를 위한 후원금도 아끼지 않았다.

윤기복 회장은 해방 다음해에 4남매의 맏이로 함경도에서 태어났다. 충청도 외삼촌 집에서 피난생활을 했다. 아버지는 청주에서 양복점을 하셨는데, 여러 나라 외국어도 잘하셨다. 윤 회장은 고등학교를 졸업하고 바로 우체국과 교도소 등에서 일했다. 독일은 1970년 간호보조원 자격으로 갔다. 독일 뒤스부르크(Duisburg) 시립병원에서 5년 근무를 마치고 귀국했다. 한국에 돌아왔지만 남편의 사업이 잘 안 되어 경제적인 어려움이 계속

되었다. 무작정 서울시 인사과에 찾아가서 일자리를 달라고 했는데, 운이 좋았던지 가족계획요원으로 성동보건소에 취직되었다. 서울의 여러 구청 보건소에서 일을 했고 2003년 10월 마포구에서 퇴직했다. 지금은 자녀들을 반듯하게 키워서 잘살고 행복한 나날을 보내고 있다. 윤 회장은 처음부터 협회 일에 적극적으로 참여했다. 협동심이 강하고 성실한 분이다. 독일에서 보낸 돈으로 남동생들이 공부를 잘해서 직장을 다니며, 누나인 윤 회장에게 감사하며 잘하고 있다고 한다.

김병연 회장, 황보수자 교수, 윤기복 회장 세 분께서 협회 창립부터 헌신적으로 도와주시고 지원해주셔서 감사합니다. 돌아가신 김태우 회장도 자주 말씀했습니다. 누가 뭐라 해도 세 분이 계셔서 여성 회원들이 참여하게 되었고 오늘의 협회가 존재하게 되었습니다. 우리 협회가 지금 존재하는 이유는 여러분들의 정신적, 경제적 후원의 결과라고 강조하고 싶답니다. 거듭 감사드립니다. 세 분께서 보내주신 많은 후원금에 대해 이 책을 통해 감사하고 글로 남기고 싶었답니다.

언론 매체와의 만남

텔레비전에서 강의를 하게 된 것은 1982년 교육부 상임자문위원 시절부터이다. 청소년 분야와 평생교육 분야 전공자가 없어서 텔레비전과 라디오 등에서 강의를 자주 할 기회가 있었다. 이 두 분야는 교육정책면에서 기본이자 필수적인 단계였기 때문이다. 특히 KBS 〈생방송 심야토론〉에 자주 출연한 게 계기가 되어 '청소년 육성'을 주제로 매주 텔레비전 일회 특강을 1년간 출연했고, 또 2년간 KBS 라디오에 부모교육 상담을 주제로 출연했다. 그 이후 방송통신대학에서 우리나라 최초로 '청소년교육'을 주제로 책을 출간했으며 같은 주제로 텔레비전 강의를 4년간 진행했다. 수강생이 수천 명에 이르렀다.

MBC는 나를 대상으로 '독일로 간 광부와 간호사'라는 주제로 3부작 다큐멘터리를 제작해서 방영했다. 이어서 각 중앙, 지방 라디오와 텔레비전의 특강, 좌담회, 인터뷰 등에 다수 출연했다. 한국사이버대학에서는 평생교육과 청소년교육 강좌를 4년간 강의했다.

영화 '국제시장' 이야기의 대부분이 나와 아내의 독일 생활과 관련되어 있어서, 영화가 상영된 후 대부분의 텔레비전과 라디오, 언론사로부터 출연 요청이 쇄도했다. 독일문화원과 독일 텔레비전 다큐멘터리도 나의 에세이를 중심으로 제작되었다. 일본, 동남아, 독일, 스위스 등 여러 나라에서도 동영상이 만들어졌다. 특히 동남아 국가 출장 중에는 그 나라마다 내가 살아온 길에 대한 인터뷰 출연과 보도 요청이 많았다. 정확한 횟수는 알 수 없지만 텔레비전과 라디오 출연은 100여 회, 신문 기고와 인터뷰는 100여 회 이상, 전국 강의는 1,000여 회 이상 했다. 한국을 대표하는 영자 신문과 일본, 동남아 신문 등에도 기사가 지금도 계속 이어지고 있다.

4장
빛나는 인생, 봉사로 맺은 인연

百年의 꽃

사랑과 행복이 백년 가는 것을 희망하여 백년 꽃을 좋아한다. 돌이켜보면 우리 안에 칠십 평생 눈에 보이는 색깔도 중요하지만, 우리 마음을 다듬고 영양을 주는 마음의 꽃을 발견하는 것이 더 의미 있다.

ADRF 이두수 국장

2013년 여름, 파독근로자기념관 관장으로 근무하던 무렵 이두수 씨로부터 전화가 왔다. 그는 아프리카아시아난민교육후원회(ADRF)라는 봉사단체의 사무국장으로 일했는데, 10년 전에 일본에서 열린 국제 세미나에서 우연히 만난 적이 있었다. 감회에 젖어 전화로 대화를 나누다가 내가 ADRF 사무실로 찾아가기로 약속을 했다.

파독근로자기념관 개관 전후로 각계각층으로부터 관심과 격려를 받고, 수많은 매스컴과 인터뷰를 갖느라 정신이 없을 때였다. 기념관 개관 소식이 국내외로 전파되면서 그동안 연락이 닿지 않던 파독 광부, 간호사 출신들이 많이 모여들었다. 더불어 개관을 축하하는 지인들의 인사도 답지했다. 이두수 씨도 오래 전 일본에서 서로 교환했던 명함을 잊지 않고 보관하고 있다가 인사차 전화를 했던 것이다.

용산에 위치한 ADRF 사무실은 조용했지만 뭔가 살아 있는 에너지가 꿈틀거렸다. 아프리카, 아시아 지역 어린이들에게 교육을 통해 꿈과 희망을 불어넣어주는 외교통상부 산하의 NGO 단체였다. 빈곤이 대물림되는 근본적인 원인을 교육의 부재라고 인식하고, 빈곤 아동을 위한 교육 지원과 인성교육에 최선을 다하고 있었다. 사무실을 직접 보기 전에는 전화기 한 대 놓고 일하는 그런 단체일 거라고 짐작했는데, 와서 보니 10여 명의 직원들이 자기가 맡은 분야에서 열심히 일하고 있었다.

그런데 이두수 국장은 만나자마자 생각지도 못한 제안을 했다. 나를 ADRF의 회장으로 추대하고 싶다는 것이었다. 파독근로자기념관을 개관한 지 얼마 지나지 않아서 정비해야 할 일들도 많았지만, ADRF 단체의 설립 이념이나 활동내용은 내가 살아온 길과도 맞닿아 있어서 호감이 갔다. 더구나 빈곤 국가의 소외계층 아이들이 학교에 다닐 수 있도록 기회를 만들어주는 일은 매우 훌륭했다.

나는 이 국장에게 생각할 시간을 달라고 하고 헤어졌다. 한국파독광부간호사간호조무사연합회(이하 '간호사'에 '간호조무사'까지 포함되는 것으로 사용한다)는 회원 수가 늘어나면서 점점 안정을 찾았다. 또한 국가로부터 공식적으로 지원을 받으면서 날로 발전했고, 운영의 기틀이 잡혀갔다. 어렵게 협회를 이끌어왔던 지난 7여 년간의 고생이 빛을 보는 듯했다.

그런데 만남 뒤에는 헤어짐이 있는 모양이다. 정부 예산과 관련하여 우리 협회에 모종의 부정이 있는 것처럼 나를 중상모략하여 누군가 나를 고발했다. 그러나 그동안 워낙 서류를 투명하게 정리해놓아서 곧 무혐의처분을 받고 사건은 유야무야됐다.

사건은 마무리되었지만 내가 입은 상처는 너무 컸다. 좋은 뜻으로 봉사하기 위해 시작했던 일인데, 태어나서 처음으로 경찰서에 불려가서 조서도 꾸미고 검찰청 구경까지 했으니, 나로서는 불명예스러운 일이 아닐 수 없었다. 엎친 데 덮친 격으로, 초창기 어려울 때부터 뜻을 모아 우리 협회를 함께 창설했던 김태우 회장이 규폐증으로 고생하다가 사망했다. 광부들의 마지막 모습은 이처럼 신산했다. 그의 70여 년 인생이 눈앞에 펼쳐지듯 다가왔고, 내가 지내왔던 고단한 삶과 오버랩되면서 가슴이 울컥했다. 지난 7년간 김 회장과 나는 어떤 사심도 없이 오직 우리 광부, 간호사 들의 권익을 위해 신나게 일해 왔었는데, 뜻을 같이했던 동지를 잃고 나니 한쪽 날개를 잃은 듯 나는 깊은 상심에 빠졌다. 함께 걸어왔던 수십 년간의 세월이 산산이 부서지는 것만 같았다. 협회는 김 회장의 사망으로 혼란에 빠졌다. 너도 나도 회장의 빈자리를 차지하겠다고 나섰고 , 엄연히 내가 버티고 있는 기념관장 자리마저도 탐을 냈다.

나에 대한 고발사건과 김 회장의 사망을 연이어 겪은 나는, 더 이상 협회에서 일할 자신이 없었다. 아니, 이제 내가 할 수 있는 일은 이제 다했다는 생각이 들었다. 회자정리(會者定離)라고 그동안의 즐거웠던 만남에 감사하고, 이별을 준비하는 것이 좋겠다고 판단했다. 김 회장의 사망은, 앞만 보고 쉼 없이 뛰어왔던 내 인생에 한 번의 브레이크가 필요하다는 것을 알려준 신호였다. 우리 후세를 위해 역사적인 기념관과 전시장을 만들어 많은 성취감을 느꼈던 시간에 감사를 드렸다. 아, 나의 피와 땀이 얼룩진 협회여, 기념관이여!

나는 2013년 12월 13일, 이두수 국장의 제안을 수락하고 ADRF 회장에 취임하기로 했다.

이두수 국장은 세상에 이런 인연도 있구나 할 정도로 다시 만나게 되어 기쁩니다.

ADRF 강상선 이사장

강상선 이사장은 ADRF의 창설자이다. 강 이사장은 교육학을 공부한 사람도 아니고 교사 출신도 아니다. 그런데 이 단체를 만들어 자력으로 21년간 이끌어왔다. 오직 교육운동에 미친 사람이라고밖에 표현할 길이 없다. 내가 처음 ADRF에 출근하던 날, 강 이사장은 자신이 사용하던 방과 책상을 나에게 넘겨주고 일반 직원들과 같은 자리로 옮겼다. 내가 단체에 오면서 직원들 가운데 가장 어른이 되었는데 불편해하지 않고 나에게 최선을 다해 예의를 갖춘다. 시간이 흐를수록 강 이사장의 깊은 마음을 알게 되었고, 오직 어려운 아이들의 교육을 위해 신앙과 같은 신념으로 일하는 것을 보고 나는 이 단체를 세계적인 단체로 키워보겠다는 마음을 점점 굳혔다. 그리고 그렇게 발전해가고 있다고 확신한다. 이유는 내가 참여한 단체가 발전하지 않은 경우가 없었기 때문이다. 강 이사장을 알면 알수록, 시간이 가면 갈수록 이 단체를 위해 헌신하고 싶은 패기가 생겼다.

우리나라에는 ADRF와 유사한 단체들이 많다. 이곳에 와서 일해보니 봉사활동 단체들에도 빈익빈 부익부 현상이 존재했다.

종교색을 띠고 있는 곳이 대부분 경제적으로 넉넉했고, 외국에서 도입된 단체들이 많은 편이었다. 그런 단체에 비해, 우리 단체는 비종교적이고 한국 사람이 설립했으며 본부가 한국에 있다는 점에서 자부심을 가질 만하다. 또한 일반적으로 후원금이 일회성 지원에 머무는 데 반해, 우리 단체는 대부분의 후원금을 교육에 지속적으로 투자한다는 점에서 차별성이 있었다. 개미 후원자들은 우리 단체의 생명이고 천사다.

우리 단체에는 2017년 현재, 나를 포함해 25명의 직원이 상근하고 있다. 13개 국가에 20개의 희망교실을 운영하고 있고, 1,000명의 자원봉사자와 10,000여 명의 수혜아동이 있다. 이곳에 온 지 만 4년이 되어가는데, 육체적·정신적으로 한계가 느껴질 때면 문득 일을 그만두고 싶기도 했다. 그러나 강 이사장의 굳은 신념에 감동받아 다시 나의 자세를 가다듬곤 한다. 지금은 그러한 흔들림을 초월한 단계에 와 있다. 우리 단체가 명실상부한 세계적인 단체가 될 수 있도록 최선을 다할 것이다.

우리 단체에는 국내외 실력자들이 많이 지원한다. 직원들이 들어오면 가르치고 서로 배우고, 부족함이 있어도 격려하며 함께한다. 강 이사장은 모든 직원들이 주인의식을 가지고 주체적으로 활동할 수 있도록 밑받침해준다. 자리를 비우지 않고 모든 일을 꼼꼼하게 점검하고 겸손한 자세로 사람들을 만난다.

우리 단체의 주요 사업은 사람사업이다. 후원자와 자원봉사자들을 물색하고 수혜아동들에게 연결할 수 있는 사업들을 계속

창출해내야 한다. 지속적인 중심 사업과 신규 사업들을 결합하여, 새로운 자원봉사자들이 계속적으로 관심을 가질 만한 끈을 놓치지 않아야 한다. 다행히 내가 회장이 된 후에는 그동안 인연을 맺었던 많은 분들이 우리 단체에 아낌없이 동참하고 있다.

> 강상선 이사장님은 시간이 갈수록 더 좋아집니다. 남다른 교육관으로 우리 단체를 살리고자 하는 정신이 좋습니다. 강 이사장님에게 반해서 나도 이렇게 같이 참여하고 있습니다. 최선을 다해 우리 단체가 국내는 물론 세계적인 단체가 될 수 있도록 노력합시다. 우리 직원들도 나와 강 이사장님의 살아온 길을 잘 알고 있기에, 뜻을 모은다면 역사에 남을 단체가 될 것이라고 확신합니다. 나는 남은 인생을 우리 단체에 승부를 걸고 싶답니다.

'희망드림' 활동

'희망드림' 활동은 ADRF 사업 중에서 가장 비전이 있으며, 우리나라 학생 동아리 중 가장 의미 있고 희망적인 봉사활동이다. 세계 유명 대학 출신들의 성공 비결을 조사한 결과, 학생 때 봉사활동 참여자의 졸업 후 성공률이 봉사활동을 하지 않은 학생보다 높게 나타났다. 이러한 연구결과로 볼 때 학생들의 봉사활동이 얼마나 중요하고 진로와 성공에 큰 영향을 미치는지 알 수 있다. 과거의 행복지수가 돈, 권력, 지위였다면, 지금은 나눔, 봉사, 베풂으로 바뀌었다. 전 세계 최고 부자들의 어록에도 '돈 많은 것이 골치 아픈 일'이라며, 자선사업과 장학사업이 최고의 행복이라 했다.

국내외 학생들의 스펙 쌓기에도 변화가 왔다. 상급 학교 진학이나 대학특차와 기업 채용에서도 해외 어학연수나 학교 성적보다 사회 참여와 봉사를 의미 있게 반영하고 있다. ADRF 동화책 번역 동아리의 '희망드림'은 한국 동화책을 영어로 번역하여 외국의 빈민 아동들에게 전달하는 프로젝트이다. 이것을 통해 한국 문화를 자연스럽게 알릴 수 있으며 번역 과정에서 팀워크를 키우고 끈끈한 인간관계를 형성할 수 있다. 2017년에는 5,000여 명이 참여했지만 앞으로 수만 명이 참여하는 프로그램이 될 것이라고 낙관한다. 최우정 팀장과 팀원 여러분의 성실함은 우리 단체의 모범입니다.

• 유연천리래상회 무연대면불상봉(有緣千里來相會 无緣對面不相逢)
인연인 사람은 천리 밖에 있어도 만나고, 인연이 아닌 사람은 코앞에 있어도 모른다. –한비자

해동서예학회 김종태 이사장과
정정숙 사무국장, 테레사 후원천사

교육활동을 하면서 학원교육자들의 모임인 한국학원총연합회 행사에 참석하곤 했는데, 거기서 국제문화친선협회장이기도 한 문상주 회장을 만났다. 회원 대부분이 경제적으로 넉넉해 보이고 경영자들이라 사업 마인드가 달라 보였다. 학자인 나는 호기심 있는 눈으로 우리나라 회원들의 비전에 대해 눈여겨보았다. 여러 직업군들이 모이니 아주 흥미진진했다.

이 모임에서 항상 따뜻하고 친절하게 나를 대해주시는 분이 바로 해동서예학회 김종태 이사장이다. 〈한국서예신문〉 발행인도 겸하고 한국서가협회 등 여러 단체 회장을 맡고 있다. 김 이사장이 주최하는 행사에 나를 강사로 초빙하기도 하고, 작가들과 더불어 산악회나 해외여행에도 함께 참여하기도 했다.

2015년 어느 날 김 이사장이 정정숙 사무국장과 함께 ADRF를 찾아왔다. 많은 분들이 우리 단체를 찾아오지만 방문 당일 후원자가 되어주는 사람은 드물다. 그런데 정 국장은 우리 단체가 하는 일을 듣고서는 바로 후원 약정을 해주었다. 그리고 얼마 지나지 않아 해동서예학회와 우리 단체 간에 협약식도 맺어졌다.

또 몇 개월 후 정 국장은 자신의 제자라며 한 여성과 함께 우리 단체를 다시 방문했다. 천주교 세례명이 테레사인 그녀는 삶 자체가 천사라고 할 만한 분이라고 정 국장이 극찬했다. 테레사는 평소에 어려운 사람이나 단체를 후원하며 살고 싶었는데, 이렇게 원하는 단체를 만나게 되어 매우 기쁘다고 했다. "이렇게 후원할 수 있다는 것이 오히려 저에게는 행운입니다. 그리고 회장님처럼 존경할 만한 분이 계시니 저도 평생 믿고 후원할 수 있을 것입니다. 최선을 다해 돕겠습니다. 이것이 바로 제 행복입니다." 이런 멋진 후원자를 만나게 되다니 나 역시 행복했다. 아동결연후원은 금액의 많고 적음을 떠나서 참 어려운 결정인데, 테레사는 아들 둘의 이름으로 2명의 아동을 후원하기로 선뜻 서약했다.

그 뒤 김종태 이사장의 주최로 해동산악회에서 남해로 여행을 간다고 연락이 왔다. 김 이사장과 정 국장, 테레사 모두 함께 여행에서 반갑게 만났다. 테레사는 나의 에세이 『막장광부 교수가 되다』를 읽고 감동받아서 ADRF에 더 애착이 가며, 내 삶의 역경을 이해하고 나니 기회가 닿는 대로 우리 단체를 열심히 돕겠다고 했다.

산악회 여행 후 테레사는 1명의 아동을 추가 후원하겠다고 약속했다. 사연은 이러했다. 우리 단체에 아동결연 후원을 약속했다는 이야기를 들은 테레사의 아들 둘은, 엄마의 뜻에 찬동했다. 테레사는 남편에게도 우리 단체의 뜻을 전달하여 온 가족이 함께 후원에 동참하게 되었는데, 그것에 감사하며 테레사가 이처럼 추가 후원을 결심하였던 것이다. 가족 모두가 후원에 참여한 것은 드문 일이다. 테레사는 여기서 멈추지 않고 친구와 친척 등 주변 사람들을 설득하여 우리 단체에서 후원자와 홍보대사로 활동하도록 격려했다. 테레사는 이따금 일부러 사무실을 찾아와 직원들 격려차 식사 대접도 하곤 했다.

테레사는 나눌 때 가장 행복하다며, 할 수만 있다면 모든 것을 주고 베풀며 살고 싶다고 했다. 후원금 액수와 관계없이 모든 후원자들이 다 소중하지만 특히 테레사는 혼신을 다해 우리 단체를 돕고 있다. 이렇게 훌륭한 수호천사를 만나게 해준 김종태 이사장과 정정숙 국장에게 감사를 보낸다. 언제 어디서나 누구나 우리 단체의 후원자로 만들기 위해 애쓰는 그 고마운 마음을 잊을 수 없다. 테레사의 마음은 우리 단체에 대한 애정과 헌신으로 꽉 차 있다. 우리 가족에게도 식구처럼 온정을 베풀어주었다. 세상에 이처럼 순수하고 고귀한 나눔의 정신을 가진 사람이 있을까 하는 생각에 숙연해진다. 이러한 후원천사가 있어 사회가 유지되고, 우리 단체 직원들은 물론 나 역시 보람을 느끼며 신나게 일할 수 있는 것이다.

테레사님은 아무도 모르게 숨어서 돕고 싶다고 합니다. 우리 단체를 주인처럼, 가족처럼 아끼고 지원해주시는 후원천사님께 뜨거운 감사를 보냅니다. 그 깊고 넓은 마음에 보답하기 위해 우리는 열심히 일하고 있습니다. 테레사의 가족 모두에게 감사를 보냅니다. 테레사의 순수한 인격과 고운 마음씨가 ADRF를 밝게 비춰줍니다. 이런 천사들 덕분에 우리 단체는 부단없이 성장하고 있습니다. 거듭 고맙습니다.

경주 홍보대사 윤태열 박사

윤태열 박사는 경주를 사랑하는 토종 경주선비이다. 경주에서 태어났고 경주에서 자랐으며 경주도시계획에 대한 연구로 도시교통공학 박사학위를 받았다. 여생을 NGO 활동에 바치겠다는 점에서 나와 통한다.

그는 IMF 때 회사의 부도로 어려움을 겪었다. 주위의 도움을 받아 무상으로 사무실을 임대해 밤낮을 가리지 않고 열심히 일한 결과 어려움을 딛고 2001년, 남경엔지니어링을 설립했다. 자신의 고난을 극복하는 과정에서, 소외된 집단에 대한 봉사도 잊지 않았다. 〈NGO뉴스〉 편집위원을 지냈고, 그린경주21협의회 사무국장도 역임했다. 이 협의회는 2006년 맑고 푸르고 쾌적한 역사문화도시 경주를 만들기 위해 시민과 사회단체, 기업체 등이 주체가 되어 창립된 환경보전 실천운동 단체이다.

윤 박사는 경주에 자전거 문화를 형성하는 데 산파 역할을 했다. 경주지역 관광객을 대상으로 자전거를 이용해서 문화유적 녹색체험 투어상품을 개발해냈다. 이것은 도내 지역별 실정에 맞는 특화된 프로그램으로서 다른 지역에 모범이 되었다. 2014

년 세계물포럼 기간에는 국내외 3만 5천 명에게 제공할 물 관련 체험 프로그램의 일환으로 '물과 함께 떠나는 경주 역사 여행'을 개발한 적도 있다.

직업상 출장을 자주 가게 되는데 가능한 한 부모님을 모시고 다닌다. 맛있는 음식을 사 드리며 부모님을 행복하게 해드리기 위해서이다. 여행 중에도 부모님께 하루 용돈을 드린다. 가족 사랑을 위해 최선을 다하고자 하는 모습이 보기 좋다.

윤태열 박사는 우리 단체를 통해 라이베리아, 네팔, 몽골, 라오스 등에 사는 5명의 아동을 후원하고 있다. 아프리카 유학생과는 삼촌-조카 관계를 맺어 그 가족을 한국에 초대하여 친가족처럼 지내며 후원한다. 경주에서 환경운동 캠페인이 있을 때, 우리 직원들과 외국 유학생이 경주에 2박 3일 동안 모금 행사도 했다. 경주에 머무르는 동안 경주 외곽의 윤 박사 별장을 우리에게 빌려주었다. 우리가 그곳에 도착하기 전에 냉장고에 고기와 과일, 음료 등을 가득 채워두어 지내는 동안 아무런 불편함이 없었다. 윤 박사의 경주 별장은 우리에게 항상 열려 있다. 우리 단체 일이라면 언제든지 준비된 마음으로 호의를 베풀고 전화하면 항상 친절하게 응대한다. 서울에 오면 우리 단체에 들러 직원들을 격려하고 밥도 사준다. 윤 박사는 우리 단체의 든든한 응원군이다. 우리 직원들이 경주에 올 때면 언제든지 의식주는 책임지겠다고 약속하니, 이게 후원천사가 아니면 불가한 일이다.

박사님, 열심히 살았어요. 그리고 누구에게나 베푸는 그 따뜻한 마음이라면 박사님이 하시는 사업은 성공할 것이라고 확신합니다. 힘내세요. 꼭 이루어질 것입니다.

• 무수한 사람들 가운데는 나와 뜻을 같이할 사람이 한둘은 있을 것이다. 그것으로 충분하다. 바깥 대기를 호흡하는 데 들창문은 하나만으로 족하다. – 로맹 롤랑

임종 컨설턴트 고민수 원장

나는 신기할 정도로 기적 같은 인연을 많이 가지고 있다. '국내 최초의 임종 컨설턴트', '죽음의 전도사'라는 수식어가 붙은 고민수 원장도 그중의 하나다. 고 원장은 15년 전 청소년운동을 하면서 만났는데, 고 원장이 운영하는 단체는 우리나라에서 가장 대표적인 청소년 단체였다. 2년간 전국 방방곡곡에서 활발하게 활동을 전개하며 청소년들의 정서와 감성을 위해 일했다. 그러다가 2년 정도 연락이 단절되었는데 고민수 원장이 나를 찾아 먼저 연락을 주어 우리의 만남이 다시 시작되었다.

고 원장은 1968년 군산에서 태어났다. 모진 가난 속에서 두 형제와 아버지의 죽음을 목도한 후 삶이 180도 바뀌었다. 30대에 삶과 죽음의 가치를 생생히 느낀 것이다. 그는 임종체험 교육업체인 KLCC의 원장이다. 그의 명함에는 영정사진이 찍혀 있다. 죽음을 경험해본 자만이 삶의 진정한 가치를 이해할 수 있다는 생각에 '임종체험관'을 열었다. 임종체험관은 삶에 대한 성찰과 죽음에 대한 고찰을 목표로 사람들에게 새로운 경험을 제공하는 뜻깊은 곳이다. 자신의 영정사진를 찍고 유언장을 쓰고 수의를 입는다. 자신이 쓴 유언장을 읽고 관에 들어가서 깊은 명상에 잠기며 삶을 되돌아본다. 그리고 관에서 나오며 새로운 탄생을 맛본다. 삼성전자, 교보생명, 미래에셋 등의 기업들도 임종체험관 프로그램을 수료하며 그 의미를 같이했다. 영국 BBC, 일본 TV-Tokyo, MBC 〈아주 특별한 아침〉, 〈SBS 스페셜〉 등 국내외 수많은 언론매체도 그의 임종체험 프로그램에 대해서 주목했다.

2007년 출간한 『마지막 인생수업』에는, 출간 당시 3년간 4만 5천 명의 장례를 치러온 고민수 원장이 삼성전자와 교보생명에서 강의한 삶과 죽음에 대한 솔직한 메시지를 담고 있다. 하루하루 타성에 젖어 살아가고 있는 사람들에게는 삶의 가치가 전해지지 않기 때문에 '죽음'이라는 처방이 필요하다고 한다. 그래서 고 원장은 "내게 남은 날이 오늘 하루뿐이고, 내일이면 나라는 사람이 이 세상에서 없어진다"라는 극단적인 상황을 제시하여 사람들에게 '지금 바로'가 중요하다는 경각심을 준다.

고 원장은 앞으로는 남을 위해서 베풀며 살고 싶다는 의지를 밝혔다. 현재는 우리 단체와 협약을 맺고, 본인은 물론 직원들도 우리 단체의 홍보대사로 참여하고 있다. 앞으로 교육운동을 함께 전개해 나가기로 했다. 나와 아내에게 자식 이상으로 잘해주고 있다. 아내가 고 원장에게는 언제든 가고 싶어 한다.

고 원장의 교육정신과 삶의 철학에 감동받았습니다. 감사합니다. 사업에 성공하세요.

한국청소년바르미교육협회 고은주 대표

우리나라의 압축 경제 성장은 풍요를 가져와 물질적 풍요는 누리고 있으나 가치관과 인성문제가 많아, 전 세계에 없는 '인성교육진흥법'이 2014년 우리나라에서 최초로 제정되었다. 이러한 시대적 요청에 따라 전국 사단법인이나 민간단체가 인성교육을 강화하고 나섰다. 나는 인성교육진흥법 제정과는 관계없이 모든 교육기관이 모든 이를 대상으로 인성교육을 강조해야 한다고 생각한다.

그러던 차에 서울 소재 국제인성교육협회의가 광주에 지부를 만들고 지도자양성과정을 개최한다고 초청하여, 2015년 2월 28일 강사로 광주에 출장을 갔었다. 이 자리에서 한국청소년바르미교육협회의 고은주 대표를 만났다. 이 단체는 2014년에 설립되어 전남 화순, 영암, 진도, 신안교육지원청과 광주광역 학교 등과 연계해 청소년 인성교육 전반에 걸쳐 활동하고 있었다. 한국에서 하나의 협회로서는 학교에 가장 많이 강의를 나가는 곳이며, 지방 교육기관으로서는 활발하게 모범적인 활동을 하고 있어서 도청과 시도 교육청에서는 신뢰가 각별했다.

게다가 고 대표의 실용적인 강의방법은 어느 누구보다도 탁월했다. 대학교수나 학교 교사와 교육 공무원들도 고 대표의 강의를 한결같이 긍정적으로 평가했다. 평생 강의를 해왔고 명사들의 강의도 많이 들었던 나도, 고 대표의 강의를 들을 때마다 감동을 받았다.

어느 날 고 대표가 신구 세대가 같이하는 파트너 강의를 하자고 제안했다. 한국에서는 첫 시도였다. 고 대표와 내가 공동으로 원고를 작성하고 강의 준비를 한 뒤 여러 학교에서 같이 강의를 하는 것이었다. 반응이 아주 좋았고 연사인 나도 만족스러웠다. 정년 후 다시 강단에서 학생을 대상으로 강의할 수 있고, 교육청 등에서 제자들을 만날 수 있다는 것만으로도 행복했다.

이 협회는 '마음과 사람됨'이라는 교육정신과 사랑, 나눔, 배려, 존중을 강조하고 있다. 바르미 교육사업은 인성교육 프로그램 개발 및 보급, 청소년 인성교육 지도자 양성, 청소년 또래강사 양성, 지역사회 네트워크 연결 사업, 청소년 인성캠프, 청소년 및 가족복지 증진사업, 청소년 지역사회를 위한 봉사, 나눔, 사랑 사업을 실시하고 있다. 우리 단체가 추구하는 활동에도 관심이 많아 지원을 아끼지 않고 있다.

파트너 강의는 정말 성공적이었고, 행복한 강의였어요. 정년 후 행복한 교단활동이었습니다. 감사합니다. 바르미가 꼭 한국을 대표하는 인성교육기관이 되기를 기원합니다.

교사 후원천사들과의 행복한 만남

드림하이는 서울 태랑중학교 교사들을 중심으로 몇몇 학교 교사들이 자발적으로 참여하는 모임이다. 방학 때마다 자비로 해외로 나가 희망교실을 열고 교과별 교육봉사를 한다. 몇 개월 전부터 필요한 교육과정을 연구하고 준비한다. 회원 전체가 참여하는 활동도 있지만 개별적으로 활동하는 교사도 있다. 경비는 교사들 개개인이 전액 부담한다. 수도 시설이나 화장실과 같이 희망교실에 필요한 시설을 만들어주기도 한다. 2015년 여름방학 때, 태랑중학교 해외봉사단은 더운 날씨에도 캄보디아 아이들과 즐거운 마음으로 열심히 수업을 했다. 2017년에는 아프리카로 교육봉사를 간다.

드림하이는 아동결연은 물론 물질적인 지원도 하고 있다. 전주의 한 중학교 교사는 부인이 투병 중인데도 우리 단체의 후원활동에 참여하고 있다. 처음에 자신의 학급에서 폐지 수집을 시작했는데 지금은 전교생이 참여하고 있다. 폐지를 판 돈으로 최근에는 네팔에 있는 우리 희망교실에도 직접 경제적인 지원을 하고 있다. 개인이 시작하여 한 학급으로, 그리고 전교생으로 확대하여 나눔운동을 펼치고 있는 것이다.

서울 선정고등학교의 김동근 교사는 청소년운동을 제대로 하는 분이다. 아마도 선정고는 우리나라 단일 학교로는 동아리 숫자가 가장 많은 곳일 것이다. 2016년 김 선생이 지도교사로 있는 환경봉사지킴이기자단에는 97명의 단원이 적극 참여하고 있다. 선정고에서는 우리 단체에 여러 차례 성금 전달도 하였다. '새로운 도전, 새로운 비전, 새로운 청소년 문화 창조'를 모토로 함께 노력하는 모범적인 학교이다.

선생님들, 학교에서 제자 사랑과 교단생활도 어려우신데 우리 단체까지 적극 도와주시니 고맙습니다. 이렇게 좋은 일을 하는 선생님들이 현장에 많이 있어서 우리나라의 미래는 희망에 가득합니다. 여러 선생님들, 감사합니다.

이름 모를 고등학생 후원천사

무더운 여름 어느 날, 땀을 뻘뻘 흘리며 고등학교 2학년 학생이 사무실을 찾아왔다. 어깨에 노트북을 메고는 나를 면담하고 싶다고 했다. 목적이 무엇이냐고 물으니, 우리 단체에서 봉사하고 싶다는 것이다. 무슨 봉사를 하고 싶냐고 물으니 외국어와 관련된 일이면 다 좋다고 했다. 번역이든 뭐든 어떤 것이든 다 할 수 있다고 자신 있게 말했다. 그런데 딱 한 달만 가능하다는 것이다. 자신이 할 수 있는 것과 가능한 조건을 딱 부러지게 얘기하다니, 당찬 학생이다.

학생은 영어를 독일어로, 독일어를 영어로 번역하는 봉사를 했다. 번역은 완벽하니 다른 전문가가 점검하지 않아도 된다고 호기롭게 말했다. 그는 한 달 동안 하루도 빠지지 않고 정해진 시간에 와서 맡은 분량만큼 일을 정확히 마쳤다.

약속한 한 달이 되어 이제 일을 마무리해야 했다. 그동안 같이 지내면서도 나는 이름 석 자 외에는 아무것도 묻지 않았다. 나는 헤어질 때가 되어서야 이렇게 야무진 학생의 가정환경이 문득 궁금해졌다. 그는 아버지가 법조계에 계시다며 수줍어했다. 느낌이 법조계 고위급 같았다. 부러울 것 없는 좋은 환경에서 자라서 독일 유학도 다녀왔고 지금은 한국 최고의 명문 외고에 다니는 이 학생은, 미국 대학에 입학하기 위해 봉사를 했던 것이다. 미국 대학에서 요구하는 사회봉사증과 나의 추천서를 제출해야 해서 '내가 만난 학생'이라는 주제로 추천서를 써주었다.

몇 개월이 지난 후 학생이 다시 찾아왔다. 학교에서 혼자 모금활동을 했다며 100만 원이 넘는 후원금을 가지고 왔다. 추천서 덕분에 미국 유명 대학에 입학허가를 받았다며 기쁜 소식을 함께 전해주었다. 미국 대학의 입학 허가조건으로, 우수한 봉사기관에서의 봉사 서류와 그 기관장의 추천서를 요구했다는 점이 특기할 만하다. 그 학생은 대학의 요구조건에 따라 자신이 단체를 조사하고 선정했으며 조금도 흐트러짐 없이 봉사활동을 완료했고, 그 결과 목표 대학에 성공적으로 합격했다.

나는 이 학생을 누구에게나 자신 있게 추천하고 싶다. 앞으로 이 학생은 어디서 무엇을 하든지 성공할 것이라고 확신한다. 외국에서 공부를 잘 마치고 봉사정신으로 세계를 행복하게 변화시키는 인재가 되기를 바란다.

미국에서 대학에 잘 다니고 있겠구나. 나는 네가 성공해서 세상을 바꾸는 인재가 될 것이고 글로벌 리더가 되어 네 꿈이 이루어질 것이라고 확신한다. 우리나라 학생들에게 이 학생과 같은 정신이 있다면 성공 못 할 학생은 없을 것이다.

여러 모양의 후원천사들

기초생활 수급자의 후원금

팔순이 된 할아버지가 손자손녀를 앞세우고 우리 단체 사무실로 찾아오셨다. 건강도 썩 좋지 않고 기초생활 수급자로 살림이 넉넉하지 않으셨지만, 세 손주들에게 모범을 보이기 위해 후원금을 내기로 작정하셨다는 것이다. 진정한 나눔과 봉사는 자신이 여유가 있어서 하는 것만은 아니라는 것을 알려주고 싶으셨다고 한다. 할아버지는 자신이 살아온 삶에 대해 손주들에게 들려주었으면 하고 바라셨다.

대학교수와 6세 딸

미술이 전공인 대학교수이자 국내 기업들이 사옥에 걸어놓는, 고가에 팔리는 그림 작가가 6세 딸과 함께 우리 단체 사무실을 찾아왔다. 후원도 서약하고 딸과 함께 홍보대사 임명장을 받았다. 이 유치원생은 우리 단체의 가장 어린 후원자이다. 교수 부인도 새벽같이 우리 사무실로 와서 바자회 물품을 가져가곤 했다. 중요한 모임이 있을 때는 나를 초대하여 우리 단체를 직접 알리도록 기회를 만들어주었다. 모든 아버지들이 이렇게 살아 있는 가정교육을 해나간다면 우리 사회가 얼마나 행복하게 바뀔 수 있을까?

의류업체 대표와 고물상

한 의류업체 대표는 우리 단체에 후원하고 난 뒤 회사 매출이 500퍼센트 늘었다고 자랑 아닌 자랑을 했다. 그는 돈을 벌기보다 의미 있게 돈을 쓰기 위해 일을 한다. 이익을 남기기 위한 것이 아니고 어디를 도와줄 것인가를 생각하며 사업을 한다는 것이다. 그래서 자신이 도와줄 수 있는 단체를 찾던 중 우리 단체를 찾아와 나를 만나고는 '바로 이 단체구나' 하고 마음을 굳혔다고 한다. 그리고 우리 단체를 도와주기 위해 교회 실업인 모임에 나를 초대하고 강의를 부탁했다. 우리 단체를 널리 소개하고 싶으니 홍보물도 자주 보내 달라고 했다.

대표는 도시 번화가의 도로변에 있는 고물상에 대한 이야기를 나에게 해주었다. 고층 빌딩이 숲을 이루고 있는 금싸라기 땅에 고물상을 하고 있는 것이 의아해서 왜 땅을 팔지 않느냐고 물었단다. 그랬더니 고물상 주인은, "나로 인해 수십 년간 생계를 유지하는 폐지와 폐철 수집가들이 있는데 나만 잘살겠다고 땅을 팔 수 없다"라고 대답했다. 나만 배불리 먹고 사는 게 아니라 더

불어 살아가야 하는 것이 삶의 이치이고, 밥 세 끼만 먹고 살면 된다는 지론을 펼쳤다. 이 얼마나 따뜻한 마음인가. 이러한 사람들이 많을수록 우리 사회는 모두가 행복하게 살 수 있을 것이다. 이렇게 가슴이 따뜻한 분들의 후원이 있어 단체가 유지되고 행복한 사회로 변한다.

사망선고 받은 난치병 환자의 희망

난치병인 자가면역질환 베체트병을 앓고 있는 50대 후원자의 이야기이다. 병 치료 때문에 경제적으로 어려워서 후원을 중단하고 싶은 생각도 들었지만, 자신이 후원하는 몽골 아이의 얼굴이 아른거려서 도저히 포기할 수 없었다. 벽에 걸어놓은 사진을 보면, 그 아이가 계속 자신을 바라보고 있는 것 같아 마음이 너무 아팠다. "내가 이 세상에 없더라도 내 아들이 대신 돌봐주라는 뜻에서 아들 이름으로 계속 후원하고 있다. 우리나라에는 많은 단체들이 있지만 ADRF처럼 아이의 성장과정에 대해 편지와 사진 등으로 자세하게 알려주는 단체는 없다. 그래서 ADRF를 더 신뢰하여 후원하게 됐다. 여생도 봉사하며 살고 싶다"라고 했다. 이 후원자에게는 7명의 친한 친구들의 모임이 있다. 함께 여가시간을 보내기 위해 다니다 보면, 길거리에서도 어려운 사람들이 자신의 눈에는 보이는데 다른 친구들에게는 보이지 않는 것이 이상하다고 한다. 다른 사람과 나누다 보면, 주는 내가 더 행복감을 느낀다. 그녀는, 액자에 넣은 몽골 아이의 사진을 어루만지면서, 가난하고 소외된 아이들의 아픔을 같이하고 돌볼 수 있어서 감사하고 행복하다고 웃음짓는다.

인사동 장애인의 후원금

우리 단체에서 운영하는 중고등학생, 대학생들의 희망드림 동화책 번역 동아리 회원들이 인사동에서 길거리 모금을 하게 되었다. 인사동에는 하반신에 고무옷을 입고 기어다니며 구걸하는 장애인이 있다. 학생들의 모금활동을 본 장애인 아저씨는, 외국의 어린이들이 공부할 수 있도록 돕는 모금이라는 것을 알고는 자신의 모금함에서 깨끗한 백 원짜리 동전들을 골라 꺼냈다. 자기보다 더 어려운 아이들을 위해서 어렵게 모은 돈을 선뜻 후원해준 것이다. 또 다른 50대 남성 후원자는, 1988년 교통사고로 생사의 갈림길에서 살아났으나 장애인이 되었다. 어머니를 모시고 살며 넉넉한 형편은 아니지만, 자신보다 더 어려운 사람들을 위해 후원하고 싶다고 했다. 그리고 폐지를 모아 생계를 유지하는 할머니의 사연도 가슴이 찡하다. "폐지 팔면 5천 원 받거든. 나도 먹고 살아야 하니까 4천 원만 가져가고 천 원은 돌려줘."

앞으로도 계속 봉사하며 살고 싶다는 후원자들에게 감사드립니다. 여러분들이 세상을 바꿀 수 있는 주인공들입니다.

후원천사 학부모들

2016년 여름은 어느 해보다도 더웠다. 9명의 과천외국어고등학교 어머니들이 거금의 후원금을 모아서 전달하겠다며 사무실로 찾아왔다. 외고 학생들이 '한국학생외교위원회'를 조직하여 매년 행사도 하고 모금운동도 한다고 했다. 이런 취지에 동의한 어머니들도 동참하여 모금을 하고 후원에 나섰다. 개인적으로 여가시간 보내기에 급급하고 자기중심적으로 살아가는 현대 사회에서, 이처럼 훈훈하고 따뜻한 마음으로 세상을 바꾸어보겠다는 취지로 열정적으로 참여하는 모습을 보니 감사할 따름이다. 한 사람 한 사람이 모여져 우리 단체가 존재하며 이러한 노력으로 인해 행복한 사회를 기대할 수 있다니, 내가 하는 이 일에 큰 보람을 느낀다. 그래서 새벽 이른 시간에도 기쁜 마음으로 출근한다. 누군가 말했다. "가장 행복한 사람은 자기가 하고 싶은 일을 즐겨하며 사랑을 베푸는 사람이다"라고. 나는 지금 바로 그러한 삶을 살고 있다.

교육에서는 자녀들이 부모를 닮는다고 하는데, 자녀들의 봉사

활동에 감동받아 오히려 어머니들이 모여 봉사와 나눔에 참여하시니 감사합니다. 이처럼 가족이 함께하는 활동이 그 가정에 행복과 자녀의 성공을 가져오리라는 것에 확신합니다. 나눔에도 부모가 자식에게 대물림하는 후원자가 있습니다.

교도소에서 보내온 훈훈한 편지

새벽 출근길마다 '오늘은 어떤 후원천사들을 만나게 될까' 하는 흥분된 마음으로 발걸음을 옮긴다. 이곳에 와서 4년간 회장직을 수행하면서 감동적인 후원자들을 많이 만났다. ADRF에 오기 전인 2013년까지는 살아오면서 내 운명을 바꾼 만남이었다면, 2013년 이후부터는 현재와 미래를 위한 만남이라고 구분하고 싶다.

교도소에서 한 달 내내 폐지를 모아 팔면 4만 원이 생긴다. 이 돈을 모아 우리 단체에 보내주는 사람이 있다. "내가 보낸 후원금으로 가난한 아이가 학교에 다니고 글을 깨우쳐 그 나라의 지도자가 될 수 있다면 얼마나 좋은가. 그것이 나의 유일한 꿈이고 희망"이라고 편지까지 써서 월 4만 원을 아동결연자에게 보내온다. 이 얼마나 감동적인 후원인가? 수인(囚人)들에게도 많은 사연이 있겠지만, 많은 경우 불우한 성장과정과 환경, 미숙한 판단, 관계에서의 갈등 등 감정 조절에서의 실수가 많을 것이라 추측해본다. 감옥으로부터의 후원은 감옥 밖의 사람에게도 꿈과 희망을 주지만, 수인 본인에게도 후원활동을 통해 변화의 계기가 되는 듯하다.

후원자님이 있어 행복합니다. 용기를 내어 열심히 일하고 후원자님의 그 뜻이 헛되지 않도록 회장의 임무를 충실히 수행하겠습니다. 더 행복하게 계시다가 만나요.

• 인연의 싹은 하늘이 준비하지만 이 싹을 잘 지켜서 튼튼하게 뿌리내리게 하는 것은 순전히 사람의 몫이다. 인연이란, 인내를 가지고 공과 시간을 들여야 비로소 향기로운 꽃을 피우는 한 포기 난초인 것이다.
–H. 헤세

"맨발의 아프리카 아이에게"
운동화 3만 켤레를 기부한 독지가

아래의 내용은 우리 단체와 관련된 내용이라 2016년 7월 4일자 연합뉴스 기사의 일부를 소개한다.

> 사회복지공동모금회에 익명으로 기부
>
> 서울에 사는 익명의 사업가가 아프리카의 어린이들에게 보내달라며 운동화 3만 켤레를 내놓았다. 아프리카와 아시아의 빈곤 아동을 돕는 단체인 '아프리카아시아난민교육후원회'는 한 달 전 사회복지공동모금회로부터 전화 한 통을 받았다. 신발을 만드는 한 업체의 사장이 맨발로 다니는 아프리카 아이들을 도와달라며 기부한 운동화 3만 켤레를 후원회에 전달하고 싶다는 내용이었다. 직원들은 후원회가 만들어진 1994년 이래 접수된 가장 큰 기부 규모에 놀랐다고 한다. 지난달 29일 경기도 구리의 한 창고에 신발이 도착하던 날 직원들은 또 한 번 놀랐다. 신발 상자를 가득 실은 25t 트럭 두 대가 도착한 뒤 나머지 신발 10t을 실은 트럭이 한 대 더 들어오고 나서야 기부 물품

을 다 접수할 수 있었다. 운동화 20켤레가 들어 있는 신발 상자는 모두 1천500개에 달했다. 익명의 독지가가 아프리카 아이에게 전해달라며 기부한 운동화이다. 25t 트럭에 신발 상자가 가득 차 있었다.

4일 사회복지공동모금회에 따르면 이 익명의 사업가는 이미 여러 차례 비영리단체에 물품을 기부한 적이 있다고 했다. 이 회사는 "아프리카 아이들을 돕는 데 관심이 많은 회사여서 아프리카 현지를 직접 방문해 아이들을 돕기도 했다"라고 전했다. 자신의 업체 홍보를 위해 회사명을 공개할 법도 했지만, 그는 자신의 기부 활동 취지에 맞지 않는다며 한사코 회사명 등을 밝히지 말라고 했다. 후원회는 이 사업가가 기부한 신발을 이달 말 서아프리카의 라이베리아공화국으로 보낼 계획이다.

후원회 회장인 권이종 한국교원대 명예교수는 "1950년대 맨발로 논두렁길을 걸어 초등학교를 다니던 추억들이 파노라마처럼 떠올랐다"며 "감사한 마음에 온몸의 피가 끓어오르는 감동을 받았다"고 말했다.

파독 광부 출신으로 영화 '국제시장'에 등장하는 인물의 실제 모델이기도 한 권 교수는 "지도자의 꿈을 품은 어려운 형편의 아이들을 돕는 데 기부 물품이 쓰일 것"이라며 "교육을 통해 아프리카의 변화를 이끄는 후원회 활동에도 더 힘을 쏟을 것이다"라고 말했다.

직원들의 사명감

누구든지 자기가 하고 싶은 일을 하면 아무리 힘들고 어려워도 잘 참고 견딘다. 대학에서 학생들을 가르칠 때, 그리고 청소년운동을 해오면서 요즘 젊은이들은 열심히 살지 않는다는 편견을 가지고 있었는데, 우리 단체 직원들의 일하는 모습을 보니 내 생각이 잘못되었다는 것을 알았다. 그래서 젊은이들을 보는 관점이 완전히 바뀌었다.

평소 국내외 봉사활동에서 헌신적으로 일하는 모습에서도 알았지만 특히 최근 사무실을 이사하면서 확실히 느꼈다. 경비 절감 차원에서 이삿짐센터를 부르지 않고 직원들이 직접 짐을 싸고 자동차만 빌려 운반했다. 그 과정에서 묵묵히 일하는 직원들의 모습을 보면서 진한 감동을 받았다. 특히 우리 단체에는 후원물품이 수시로 들어와서 물자를 옮기고 운반하는 일이 일상적이다. 남녀 직원들은 자신의 몸을 아끼지 않고 육체노동자 이상으로 일을 한다. 가정환경도 좋고 외국 유학까지 다녀온 인재들, 대학을 갓 졸업한 새내기 직원들도 몸을 던져 일한다. 이것이 바로 자기가 하고 싶은 일을 하기 때문이 아닐까?

사회단체의 대우는 다른 회사보다는 급여나 복지 분야가 열약한 것이 사실이다. 자신의 신념이 부족하면, 도중에 단체활동을 그만두는 일이 비일비재하다. 정신적, 육체적으로 무장되지 않고는 열악한 조건에서 오래 버텨내기가 쉽지 않다. 그런데 우리 단체에는 가슴이 따뜻하고 봉사정신이 강한 조직원들이 모여 있다고 확신하다. 그래서 빠르게 성장하게 될 것이라고 믿는다.

사랑하는 우리 단체 가족들, 내가 항상 강조하듯이 우리 단체 일을 '처음처럼, 주인처럼, 내 일처럼 그리고 가족처럼' 한다면, 반드시 우리 단체도 성공하고 여러분들도 성공할 것이라는 희망의 메시지를 남깁니다. 사랑하는 ADRF 가족 여러분, 회장은 여러분들이 항상 밝고 웃는 얼굴, 신나게 일하는 모습에 감사하며 행복하답니다. 사랑합니다.

이 책에 포함된 가장 신선한 인연, 김 ○○ 학생

2017년 5월 22일, 출근하여 메일을 열어보니 3일 전 보낸 메일이 있었다.

> 회장님, 안녕하세요? 저는 ○○ 국제고등학교 2학년에 재학 중이며 현재 ADRF DREAM DELIVER 2기 활동을 하고 있는 김 ○○ 입니다.
> 학교에서 자신의 진로, 전공, 관심사와 관심 있는 도서를 읽고 '저자와의 인터뷰' 활동을 진행하고 있습니다! ADRF 활동을 통해 교육봉사를 하는 만큼 저는 초등학교부터 교육을 통해 세계의 빈곤을 해결하고, 지속가능한 국가개발을 이루는 것을 저의 꿈이자 목표로 삼고 있었습니다. 회장님의 도서 『나눔교육과 봉사가 인생을 바꾼다』를 읽은 후 교육, 국가개발, 그리고 발전에 대해 이야기를 나눠보는 인터뷰를 진행하고 싶습니다. 회장님과 직접 만나 인터뷰를 진행할 수 있다면 정말 좋을 것 같습니다! 답장을 기다리겠습니다. 감사합니다.

고등학생이 나에게 이처럼 직접 메일을 보낼 용기를 가졌다는 점에서 긍정적으로 높이 평가하고 인터뷰에 응했다. 나는 원칙적으로 어떤 청소년이든 대화를 요청하면 허락한다.

이 학생은 초등학교 때부터 진로를 결정했는데, 국제개발 분야 즉 유엔에서 근무하고 싶고, 차선책으로 교육학을 공부하고 싶다고 했다. 공부와 진로 결정 등 모든 것을 자기주도적으로 결정한다고 자신 있게 말했다. 우리 단체 후원도 하고 있으며 '희망드림' 동화책 번역 감수자로도 참여하고 있었다. 헤어지기 전 그 학생은 내가 쓴 책을 가방에서 꺼내서 사인해 달라고 했다. 학교도서관에 기증해서 전교생이 읽도록 권장하겠다고 했다. "꿈이 있는 사람에게 주고 싶은 책"이라고 쓰고 사인해주었다. 이러한 아이디어에도 나는 또 한 번 감동받았다. 이러한 학생은 꼭 성공할 것이라고 확신한다. 헤어진 뒤 보내온 문자이다. "회장님, 휴일인데도 나와주시고, 제 질문에 친절하게 대답해주시고, 책에 사인도 해주셔서 너무 감사합니다. 소중한 하루였습니다." 아래는 학생이 자신의 꿈에 대해 써서 보내온 글이다.

> 정확히 어떤 계기인지는 모르겠지만 초등학교 때부터 교육만이 빈곤을 끝내는 유일한 방법이라고 생각했었다. 우리나라가 한국전쟁이 끝난 지 60년이라는 짧은 시간 안에 이렇게 눈부신 발전을 이룰 수 있었던 것은, 물론 다른 산업, 사회, 경제적인 부분들도 있지만 교육

에 힘써 교육 강국이 된 것이 큰 몫을 차지한다고 생각한다. 현재 유엔과 다른 국제기구들이 빈곤 국가들에게 주는 도움은 대부분 돈이나 식량을 제공하는 것이다. 후원을 장려하는 광고 및 캠페인들도 '한 달에 얼마면 이 아이가 세 달 동안 밥을 먹을 수 있다'와 같이 물질적 지원과 관련된 내용들로 우리가 개발도상국들을 도와주는 것의 중요성과 영향력을 그려낸다. 그러나 이러한 도움은 일시적이고, 도움이 끝날 경우 그 나라는 다시 어려움을 겪을 것이며, 점점 선진국과 국제기구의 지원에 의지하여 독립성을 잃을 수도 있다. 우리가 개발도상국들을 도와주는 데 당장의 효과와 영향도 중요하지만, 먼 미래에 이 나라들이 스스로 발전할 수 있는 역량, 즉 지속가능한 개발을 가능케 하는 것이 핵심적이라고 생각한다. 세계의 많은 빈곤 국가들은 내전, 테러, 혹은 당장의 생존이 달려 있는 긴급한 문제들이 있기에 정부가 교육제도를 강화하거나 보편화시키는 정책들을 실행하는 것은 상상도 할 수 없을 것이다. 그렇기에 선진국과 국제기구의 교육 지원이 가장 중요하다. 물론 교육은 장기적으로 봐야 그 효과가 보이겠지만 지속적인 교육 개발을 통해 발굴한 인재들은 미래에 자신의 국가 발전을 이루고 대한민국과 같이 도움만 받던 빈곤 국가에서 타국의 모범이 되는 선진국으로 거듭날 수 있을 것이기 때문이다. 이러한 생각으로 현재까지도 유네스코와 같은 국제기구에서 각 나라의 문화와 환경을 존중하는 교육 커리큘럼을 짜고, 이를 실행 및 보편화하는 교육 전문가의 꿈을 꾸고 있다.

여의도중 1학년 여학생

2016년 12월 31일 한 청소년에게서 전화가 왔다.

"권이종 ADRF 회장님이십니까? 저는 여의도중학교 1학년 학생인데요, 난민들의 인권에 관해서 관심이 많습니다. 귀 단체에 대하여 좀 알고 싶습니다."

그 후 많은 카톡과 전화 대화가 오갔다. 이것은 작년 말 나를 행복하게 하는 소식이었다. 중학생이 당돌하게 나에게 전화했다는 점과 그 용기, 그리고 봉사에 관심을 가지고 특히 12월 31일 새해를 알리는 종각 종이 울리기 전 한 해가 바뀌는 시각에 전화했다는 점이다. 한국의 1학년 중학생이 한 단체 회장에게 자신이 원하는 것을 이야기하기 위해 직접 전화를 했다는 것에 큰 의미를 부여하고 싶었다. 이런 용기를 가지고 있는 학생이라면 무슨 일이든지 성공할 수 있을 것이기 때문이다.

나는 그 여학생과 만나기로 약속했다. 방학인데도 아침 일찍부터 밤늦게까지 공부를 해야 해서 겨우 약속을 잡은 게 2017년 1월 19일 오전 10시였다. 사무실 부근 효창공원역으로 마중을 나갔다. 학생은 활발한 모습으로 정각에 나타났다. 눈동자가 살아 있는 그 여학생은 처음 만났는데도 태도가 의연했다. 사무실에 와서 우리 단체와 홍보대사에 대해 설명하니 선뜻 동의하였고, 학교에 돌아가서 동화책 번역 동아리 '희망드림'도 만들겠다고 약속했다. 여학생은 2시간 동안 직원들에게 자신이 알고 싶은 이야기를 질문했다. 점심을 먹여서 보내고 싶었는데 시간이 없다고 하여, 전철역 앞 빵집에서 원하는 빵 하나를 손에 들려 보냈다. 다음은 그 여학생의 육성이다.

안녕하세요. 음, 제 꿈에 대해 이야기해보겠습니다. 저는 평범한 중학생이고 인권과 언어에 관심이 많습니다. 남보다 뛰어나게 공부를 잘하는 것도 아니고 못 하는 것도 아니며 엄청나게 좋은 재능이 있지도 않습니다. 평범하지만 제가 좋아하는 것에 대한 관심과 열정은 누구보다 당당하다고 말할 수 있습니다. 먼저 제가 인권에 관심을 갖게 된 계기를 말씀드리겠습니다. 그 이유는 정말 간단하며 대부분의 사람들이 무심코 넘길 수 있는 것입니다.
텔레비전에 나오는 광고 중에는 난민이나 아프리카 후원 관련 광고, 어느 곳에서 테러가 일어났다고 하는 광고들이 있습니다. 그 순간에만 '유감'이라고 생각하고 실제로 후원하는 사람은 많지 않습니다. 솔직히 이 세상에 힘들지 않은 사람은 없습니다. 저도 부모님이 힘들게 벌어 오시는 돈으로 필요할 때만 돈을 받아 최대한 낭비하지 않고 삽니다. 하지만 가난하고 내전이 심각한 나라들은 생계를 위해 일을 하고 싶어도 일자리가 없으며 일을 해도 그에 대한 보상은 매우 적습니다. 물론 우리 대한민국에도 육아휴직을 눈치 보며 하고, 아르바이트 시급을 제대로 주지 않을 때도 있으며, 사회 곳곳에 부정부패가 만연하여 인간으로서 누릴 권리를 누리지 못하는 경우가 많습니다. 그러나 의무교육을 받지 못하고 한 끼도 챙겨먹지 못하는 어린이, 소년소녀 가장들은 누가 지켜줘야 합니까? 우리와 관련이 없다고 생각되는 난민들은 왜 그 나라에 태어나서 죽음의 공포에 떨며 자신의 나라를 떠나야 할까요?

저는 어린 난민들의 문제가 심각하다는 것을 인지하는 것이 가장 중요하다고 생각합니다. 이들을 위해 봉사한다는 것은 무조건 기부하거나 모금하라는 뜻이 아닙니다. 단지 어린 난민들의 미래가 더 이상 어두워지지 않게 관심을 가져달라는 것입니다. 해마다 난민 수는 증가하지만 수용을 거부하는 사람들도 점점 많아지며 관심이 없는 사람들은 허다했습니다. 난민 수용을 허락한 대표적인 나라는 독일입니다. 시리아 난민들은 지리적으로 가까운 그리스보다 경제적으로 풍요로운 독일로 가려고 합니다.

재작년 파도에 밀려온 3살짜리 시리아 아이 아일란 쿠르디의 주검 사진을 보고 많은 사람들이 충격을 받았습니다. 이처럼 우리의 도움이 절실한 위험에 처한 난민들이 많습니다. 또 다른 아일란 쿠르디가 생기지 않으려면 우리들의 관심이 얼마나 중요한지 알 수 있습니다.

또한 비슷한 처지의 노숙자들에 대해서도 알려드리고 싶습니다. 일단 그들을 떠올리면 도와주고 싶다는 생각보다는 '불쌍하다. 직업을 가져서 돈이나 벌지'라며 굉장히 부정적으로 봅니다. 모든 노숙자들이 죄가 있어서 그 처지에 놓여 있는 것은 아닙니다. 만약 그 노숙자들이 죄 없는 아이들이라면 어떨까요? 아이들은 우리의 미래이며 미래이기 때문에 희망이 있어야 된다고 생각합니다.

기특하구나. 네 용기와 도전정신을 높이 평가하고 싶다. 너의 그 용기라면 네 꿈이 이루어질 것이라고 믿는다.

김종훈 초등동창

독일에서 귀국하여 3~4년이 지난 어느 날, 초등학교 동창 김종훈에게서 전화가 왔다. 나는 도곡동에 살고 있었고 친구가 다니는 홍농종묘는 양재동에 위치해 있어서 반가운 마음에 바로 찾아갔다. 강당처럼 넓은 사무실에 50명 이상의 직원들이 자리에 앉아 일을 하고 있었다. 친구는 총무부장으로서 맨 앞자리 중앙에서 조직을 관장하고 있었다. 한국 기업조직을 잘 모르는 나로서는 흥분할 정도로 친구가 자랑스럽고 뿌듯했다. "나는 학벌이 낮아도 여기 직원들은 전국의 명문대학 출신들이야"라고 소개했다. 교육을 공부한 나는 친구가 더욱 대견스러웠다. '아하, 꼭 명문대학을 나와야 출세하는 것이 아니구나' 하는 것을 깨달았다. 그날 이후 나는, 대학에서 배운 학문과는 달리 제자들에게 진로교육을 할 때 김종훈 친구의 예를 떠올린다. 친구는 계속 승진하여 홍농종묘의 상무이사까지 역임했다. 홍농종묘는 대한민국 제일의 종묘회사이다.

친구는 한국전쟁의 와중에 아버지가 돌아가셔서 홀어머니를 모시고 역경을 헤치고 살아왔다. 초등학교 학력이 전부인 그는 독학으로 장수군 농협 산서지소에 입사하고, 서기를 거쳐 산서 단위농협 영농지도부장과 연쇄점 지배인을 겸직하면서 농업의 생산성 향상과 농협 발전에 크게 헌신했다. 홍농종묘에서 8년간 상무이사로 근무한 경험을 바탕으로 홍농상토연구소 대표이사를 맡아 한국 농업 발전에 크게 이바지했다. 『고냉지채소재배요령』 등 4권의 관련 저서를 출간하고, 수십 년간 영농교육에 힘써 웬만한 농업학자에 버금가는 업적을 남겼다. 이것이 세인들이 그를 '농학박사'라 부르는 이유이다. 지금은 고향에서 역시 독학으로 한시(漢詩)를 공부하여 책도 출간했다.

어느 날 내가 지방출장을 다녀오는데 ADRF에 금일봉을 보내왔다. 감사전화를 했더니 소액이라고 오히려 미안해했다. 이 얼마나 따뜻한 마음인가.

성실과 근면으로 평생을 올곧게 살아온 친구, 자네가 자랑스럽네.

여러 동창들

김충곤 사장은 우리 동창 중 경제적으로 가장 성공한 친구이다. 항상 우리 부부를 따뜻하게 맞아주어 감사하게 생각한다. 특히 내가 청소년정책개발원장으로 있을 때, 내 체면을 살려주기 위해 우리 기관 회의실에 책걸상을 기증해주었다. 지금도 그 마음을 잊을 수 없다.

송왕섭 사장은 우리 초등동창회가 건재하고 친목이 잘 지속되도록 많은 애정을 베풀어주었다. 특히 사업하는 동생을 소개해주어 큰 도움을 받았다. ADRF의 많은 후원물품들을 보관할 데가 없어서 고민 중이었는데, 동생이 컨테이너를 선뜻 제공해주어 우리 단체에 경제적으로 큰 도움이 되었다. 동생과 동생 회사의 직원들이 우리 단체에 후원도 아끼지 않아 고마울 뿐이다. 모두가 친구 덕분이다.

박영배 사장 역시 동창회에 지극한 관심과 열정을 보내준다. 나는 그렇게 하지 못하는데 베풀어주는 동창들에게 항상 고맙고도 무거운 마음이다. 만날 때마다 즐겁게 웃고 지내니 행복할 따름이다. 지면 관계로 동창 모두를 소개하지 못해 아쉽다.

ADRF와 여러 단체와의 행복한 만남

사회적 기업은 취약 계층에게 사회서비스 또는 일자리를 제공하거나 지역사회에 공헌함으로써 지역주민의 삶의 질을 높이는 등의 사회적 목적을 추구하는 기업이다. 정부로부터 인정을 받아야만 하는데, 사회적 기업 지원정책의 목표인 취약 계층을 위한 일자리 창출과 사회적 서비스를 확충한다는 취지하에 사회적 사업육성법이 만들어졌다. 최근에는 국가에서 기관이나 기업체 평가에 사회 참여와 나눔 봉사를 매우 중요하게 다루고, 문재인 대통령의 관심 분야이기 때문에 나눔에 대한 관심이 높아졌다. 우리나라에서 사회적 기업은 1990년 초 시작되었다. ADRF에도 사회적 공헌을 하는 여러 기업이 있는데 그중 하나가 리맨(구 KCR, 한국컴퓨터재생센터)이다.

리맨은, 불용 재생장비를 재활용, 재이용, 재제조하는 사회적 기업이다. 한국에는 매년 400만 대가 넘는 컴퓨터가 버려지고 있고 그 양은 점점 늘어나고 있다. 이러한 문제를 해결하고자 2008년, 안전하고 가치 있는 폐기 서비스를 제공하는 'IT 재생, 재제조 소셜벤처'가 탄생한 것이다. 높은 재생, 재제조 기술과

서비스 역량으로 아시아, 아프리카, 중국 등에 네트워크가 있으며, 이윤의 2/3 이상을 직원과 사회에 환원한다.

2016년 7월에 건강보험관리공단은 재생할 수 있는 컴퓨터 400여 대와 20여 점의 노트북을 ADRF에 기증했다. 이 장비들은 리맨을 통해 수리한 후 일부는 ADRF의 희망교실이 있는 나라에 기증하기도 하고, 일부는 한국에서 판매하여 후원금으로 사용되기도 했다.

자연과 사람, 기술이 하나 되는 미래 융합시대를 열어가는 LS산전은 2015년 하반기에 400여 대의 재활용 컴퓨터와 전자제품을 후원하여 ADRF 희망교실에 보급하기로 했다. 해당 국가의 어린이와 청소년들에게 IT 교육을 시켜 훗날 그 나라의 IT 분야 지도자가 되는 것은 물론, 자립적인 삶을 살아갈 수 있도록 하기 위함이다.

한국증권금융의 꿈나눔재단은 2015년 몽골 울란바토르에 이어 2016년 캄보디아 프놈펜의 외곽 지역에 꿈나눔 ICT 교육센터를 건립했다. 교육 환경을 개선하여 빈곤 가정 아동들에게도 동등한 사회 진출의 기회를 제공하는 사업이다. 프놈펜의 프닛(Phneat) 초등학교는 교실이 부족해 두 개 학년이 한 교실에서 앞뒤로 앉아 수업을 진행하고 교과서도 없다. 인근의 농촌 빈민 지역은 1일 소득이 3달러 이하의 극빈층이다. 랩탑, 프로젝터, 냉방기기, 도서관 등 교육 기기와 시설 등을 지원하고 이후 일자리를 가질 수 있는 토대를 마련해주는 데 ADRF는 협력기관으로 활동했다.

인도네시아 3대 도시 가운데 하나인 메단 시는 급격한 성장과 함께 한쪽에서는 극심한 빈곤에 시달리고 있다. 거주지를 찾지 못해 기차선로를 따라 공터에 불법으로 집을 짓고 위험한 환경에서 살고 있는 도시 난민 아동들에 대한 사회적 보호가 필요한 실정이다. 도서관 및 지역아동센터의 역할을 겸한 지역 커뮤니티센터 건립을 목표로, 2016년 넥슨코리아가 '해외 작은 책방 WISH PLANET 6 인도네시아' 사업을 벌였다. ADRF는 역시 협력기관으로, 한국 청소년들의 재능기부 봉사를 통해 영어로 번역된 한국 동화책 1,300여 권을 현지에 전달했다.

NH투자증권은 크라우드 펀딩(WADIZ) 솔루션을 활용해 네팔 지진피해 아동들을 지원하는 공익사업을 제안했다. 이 외에도 많은 사회적 기업들이 우리 단체와 협약을 맺었고 지금도 그 수는 계속 늘어나고 있다. 이 외에도 많은 공공기관과 단체가 있지만 지면 관계상 생략한다.

전국 인성교육 지도자와의 만남

평생 내가 만난 사람 가운데 97%는 나에게 도움이 되는 만남이라고 생각한다. 이러한 긍정적 사고 때문인지 좋은 인연을 많이 만났다. 한 사람, 한 사람과의 만남이 항상 설레고 흥분된다. 매일 새로운 사람과의 만남이 그러하다. 새로운 희망이고 꿈을 이룰 수 있는 기회이다. 그래서 처음 사람을 만나면 공식처럼 하는 말이 있다.

"좋은 만남은 우리의 운명을 바꿉니다. 오늘 저를 만나서 항상 좋은 일만 생길 것이고 하시는 일에 많은 발전이 있을 것입니다." 그리고 상대방 이야기를 듣고 나서, 상대방에게 무엇을 도와 달라고 하지 않고 "제가 개인적으로 또는 저희 단체가 무엇을 도와 드릴까요?" 하고 이렇게 대화를 이어간다.

전국 인성교육 지도자들과도 이러한 마음으로 만나게 되었다. 이분들은 지역사회에서 다양한 교육을 실시하고 있는 교육·여성 지도자들이다. 한국인성문화원 이사장은 동문 후배인 이화국 교수를 통해 만났고, 전국 인성교육 지도자들은 지도자 교육장에서 조우했다. 강의 듣는 자세가 전혀 흐트러짐 없이 모두들 열심이었다. 휴식시간의 대화도 아주 감동적이고 진지했다. 나도 감동을 받아 최선을 다해 강의했다. 나의 감정이 지도자들에게 이입되었는지 전국에 있는 지도자들이 지역 중심의 지도자과정이 있을 때 나를 다시 강사로 초대해주었다. 이렇게 인간관계가 형성되어 전국 대표들이 ADRF에 관심을 가지고 지원과 후원을 하고 있다. 원근 불문하고 우리 단체에 와서 같이 교육사업을 하며 살아가자고 약속을 했다. 이것이 나의 행복이고 만남이고 인연이다.

지역인성교육지도자이며 우리 단체 지회장인 구미 이수연 회장님, 부산 신정빈 회장님, 대전 손경화 회장님, 충주 송미영 회장님, 김해 박정미 회장님, 울산 박은주 회장님, 창원 황경숙 회장님, 인성교육으로 만났고 지금은 ADRF와의 인연으로 이어졌어요. 모든 지회장님에게 진심으로 감사합니다. 특히 이수연, 황경숙 회장님에게 감사한 마음 간직하며 살겠습니다. "회장님! 교수님! 목소리 들으면 기운이 납니다. 언제든지 오시면 맛있는 음식으로 모시겠습니다" 하고, 가족처럼 진실한 마음으로 반겨주는 지회장님들. 그래서 저도 아무 부담 없이 전화하곤 합니다. 회장님들, 우리 이렇게 인성교육 실천으로 사람이 변하고 세상을 바꾸는 일을 하며 행복하게 살아요.

우리문화예술연구소 김효영 교수와의 인연

ADRF에서 일하다 보면 매일 행복한 일이 생긴다. 2017년 6월 13일, 한 손님이 회장실에 찾아왔다. 얼마 전 홍보대사 위촉을 받은, 삼육대학 겸임교수로 있는 에리카 윤이었다. 그녀는 KCOC(국제개발협력민간협의회)에서 미용 일을 하며, 캄보디아에 ADRF 미용학교 설립 관계로 다녀온 적이 있었다. 이날은 간단히 인사만 나누고 헤어졌는데, 일주일 뒤 제1회 한중국제영화제에 나를 초대한다고 연락이 왔다. 당일 행사장에 들어서니 호텔 입구에서부터 화환이 상상을 초월할 정도로 많았다. 조근우 이사장이 조직위원장을, 영화배우 김보연 씨가 집행위원장을 맡았다.

영사모(한중국제영화제를 사랑하는 모임)는 전국 1만여 회원을 가지고 있는데, 이날은 300~400명이 모였다. 젊은이들 사이에서 머리가 하얀 내가 앉아 있으려니 좀 어색했다. 우리 테이블에는 대구에서 온 여성 지도자들이 대부분이었는데, 공지원 가족공예인 회장, 전문예술단체 퓨전국악 '이어랑'의 이자영 회장, 양은지 문화관광대구경북협동조합 회장, 한국전각예술원 정고

암 씨가 함께했다. 공지원 회장이 소개해서 마지막으로 인사를 나눈 사람이 포항의 김효영 교수였다.

나는 명함을 받으면 즉시 입력하고 인사를 보낸다. 이날 명함을 받은 명함을 전철에서 입력하고 소중한 만남에 대하여 간단한 인사문자들을 보냈다. 그런데 김효영 교수에게서 가장 먼저 답장이 왔다. 나를 스승으로 모시고 싶고, ADRF에 적극 참여하고 싶다고 밝혔다. 포항에 있는 많은 지인들과 함께 우리 단체에 도움을 주고 싶다며, 빠른 시일 내에 포항에 와서 강의를 해주기를 바랐다. 매일 인연의 연결고리는 뜻하지 않은 곳에서 이어지고 있다. 오늘도 내일도 모레도 이렇게 행복한 새로운 삶이 진행되리라고 기대한다.

김 교수는 어떻게 청소년기의 어려움을 극복하고 자신이 좋아하는 일을 발견하게 됐는지, 짧지만 재미있는 글을 내게 보내왔다. 대학에서 미용예술을 전공하고 고등학교와 대학에서 메이크업과 이미지메이킹, 비즈니스매너, 진로 및 창업교육 등을 강의하고 있다. 또한 포항 지역 청년들의 CEO 성공창업에 앞장서고 있으며, 한중국제영화제 경북 회장도 맡고 있다.

홍보대사가 있어 행복하다

우리 단체에는 많은 구성원들이 함께하고 있고, 그들이 모두 주인공이다. 사무국 직원, 금전과 물품 등의 후원자, 교사·직장인·일반인·중고생·대학생 봉사자, 홍보대사 등이 그들이다.

영하 10도를 오르내리는 추운 겨울, 어둠을 헤치고 출근을 하다 보면, 내가 왜 이 일을 해야 하나? 하고 질문하곤 한다. 나이가 들수록 기력도 떨어지고 피곤해서 모든 걸 포기하고 쉬고 싶은 생각도 든다. 그럴 때마다 내게 감동을 주는 홍보대사들을 떠올리고 용기를 얻는다. 나는 평생 일을 하면서 긍정적이고 낙천적인 마인드가 생활의 활력소가 되었다. 위기를 느낄 때마다 나는 내 비밀병기인 노래를 부른다. 바로 '선구자'와 '희망의 나라로'이다.

항상 우리 단체를 위해 헌신적으로 활동하는 청주의 홍보대사 A 씨. 그녀의 아들은 미국에서 공부했는데 우리 단체가 국제회의를 할 때 동시통역 봉사를 했다. 부모를 닮아 헌신적이고 봉사정신이 뛰어나다. A 씨가 어느 날 전화가 왔다. 부산에 사는 대학 동기도 홍보대사로 참여하고 싶어 하니, 부산에서 만나자는 것이 어떻겠냐는 것이었다. 담당 직원과 나는 흔쾌히 부산에 출장가기로 했다.

부산은 강의와 여행 등으로 많이 간 곳인데, 이번에 가는 김에 여러 가지 일을 한꺼번에 처리할 수 있게 계획을 짰다. 우선 오전 10시, 부산역에 도착하여 첫 미팅으로 15년 전 같이 민주평통위원으로 활동했던 여성 지도자인 백외숙 박사를 만났다. 그녀는 최근 '해외진출기업의 국내복귀 결정요인 사례연구'라는 주제로 박사학위를 받았는데, 성악을 전공한 딸도 우리 단체 홍보대사로 참여하여 행사 때 노래도 불러주었다.

11시 15분, 두 번째 미팅. 15년 전 한국교원대에서 유치원 원장 연수를 받은 정향숙 제자를 만났다. 그녀는 매우 성실하고 대인관계에 밝다. 어린이집과 한독유치원은 학부모들이 선호하여 원아 모집에 늘 성공적이다. 공부에 대한 열정도 커서 어린이집과 유치원을 운영하는 가운데 노인복지를 주제로 석사학위를 받았다. 지금은 전국을 다니며 노인을 대상으로 한 교육 전문강사로 활발히 활동하고 있다. 우리 단체의 홍보대사가 되었으며 후원을 약속했다.

12시부터는 부산지역 인성교육 지도자들과의 모임이 마련되었다. 내가 내려온다니 구미와 울산, 창원, 대구 등지에서도 구정 전인데도 열일을 제치고 많은 사람들이 참석했다. 우리 단체에 대한 관심이 있어 부산 대표에게는 지회장과 홍보대사 위촉장을 수여했다. 드디어 2시, A 씨가 섭외한 친구를 만나러 전철로 부산역에서 30분 거리인 곳으로 이동했다. 부산에서 유명한 외국어학원 원장이었다. A 씨는 이미 청주에서 도착해 있었다. 우리 단체를 위해 시간과 차비를 들여 일부러 내려온 것이다. 원장은 바로 홍보대사가 되었으며, 부원장과 교사들까지 홍보대사로 가입해주었다. 우리는 후한 접대까지 받고 돌아왔다.

우리 단체의 담당 직원은 이날 몸이 매우 아파서 출장을 갈 상황이 아니었는데도 사명감 때문에 모든 일을 끝까지 잘 마무리했다. 부산 출장은 매우 성공적이었다. 청주의 후원천사 덕분에 하루 만에 수십 명을 만나고 홍보대사를 위촉했으며, 후원자도 찾았다.

> 우리 단체의 비전을 위한 동아리 활동에는, 청소년 주체의 '희망드림' 동화책 번역 동아리가 있고, 어른들의 모임은 '홍보대사' 활동이 있다. 이 두 모임이 건재하면 우리 단체는 세계적인 단체로 성장할 수 있다. 왜냐하면 세계 어느 나라든지 세상을 바꾸는 주역은 동아리 모임에 의해 이루어졌기 때문이다. 독일은 청소년운동이 3명에서 출발한 자전거 동아리가 세계 청소년운동, 자전거운동, 자전거 도로 조성, 그리고 자동차 없는 환경운동으로 발전했다.

나를 행복하게 해준 단체활동

참 많은 회장직과 위원 등 참여기관이 많았지만 여기서는 내게 중요한 활동이면서 행복했던 대표적인 단체들로 국한하여 간단하게 소개한다.

• 한국코카콜라 건강재단이사

고문, 자문위원, 회장과 이사회 등 다양한 모임이 있지만 지난 10년간 가장 행복한 시간을 보내는 모임이 한국코카콜라 건강재단이사회이다. 우선 이 단체가 추구하는 사업이 너무 아름답다. 사실 콜라는 외국 회사인데도 불구하고 국가에서 하지 못하는 학생들의 건강운동을 챙기고 있다. 우리나라의 잘못된 교육제도 때문에 학생들 건강이 극도로 나빠지고 있다. 정신건강도 중요하지만 운동량이 적어 비만 학생이 많다. 그런데 이러한 심각성을 알고 건강재단을 창립한 것이다.

위원들은 차범근 축구감독, 김병후 정신과 의사, 박옥식 청소년운동가, 그리고 회사 임원들로 구성되어 있다. 가장 감동적인 면은 이 재단을 운영하는 이사장과 구성원들의 성실함과 이사들에 대한 예우가 어느 단체보다도 우수하다는 점이다. 이사회가 기다려지고 만나면 즐겁고 아주 행복한 분위기에서 회의가 진행된다. 사무국 구성원들이 항상 이사들을 행복하게 해주어 감사하다.

각양각색의 단체에 참여하고 있는데 나는 이 이사회에의 참여가 가장 행복하고 즐겁다. 이유는 사무국 스태프들의 준비가 우수하고 한결같다. 청소년 건강을 다루기 때문에 행복하다. 국가에서도 못 하는 프로그램이다. 자체에서 개발한 고유한 프로그램을 적용하여 심신 건강을 위해 활동하고 있다. 학교를 찾아가서 신체검사도 하여 과학적인 지도를 하고 소외 계층에게도 참여 기회를 준다. 우리나라에서 유일하게 청소년 건강 프로그램을 운영하고 있다고 자랑하고 싶다.

사무국 스태프들, 항상 열심히 하여 많은 발전을 가져왔습니다. 회의자료 등은 최고의 수준이라고 극찬하고 싶어요. 건강재단이 세계적인 모델이 되기를 기원합니다. 한 단체 이사로서는 가장 오래 참여하고 있습니다. 스태프들, 감사해요.

• 한국사회교육학회장

나는 우리나라에서 최초로 평생교육 분야를 전공하고 박사학위를 받아 활동했기 때문에 이 학회에 남다른 관심이 많다. 내가 가입한 최초 학회이기도 하다. 세월이 지나서 지금은 평생교육학회, 성인교육학회, 노인교육학회, 여성사회교육학회 등 많은 학회가 창설되었다. 1979년 당시 평생교육학을 외국에서 전공한 학자는 필자 혼자였다. 학회에 이어 국립평생교육연구소를 전북대에 최초로 창설했다. 『평생교육개론』과 『평생교육의 이론과 실제』도 필자가 최초로 썼다.

• 한국청소년학회장

청소년학회는 물론이고 청소년 전공 학과도 필자의 아이디어에 의하여 우리나라에 최초로 개설되었다. 1980년 초 어느 날 한국교원대 연구실에 경기대와 중앙대에 있는 최충옥 교수 부부가 찾아왔다. 한국에 청소년학회를 만들자는 제안이었다. 그 이후 학회 임원진을 구성하여 학회를 창설하고 방배동에 학회 사무실을 개설했다. 당시 1억 원의 학회 기금을 필자의 노력으로 직접 체육진흥공단에 가서 수령했었다. 그때 당시 아마 학회 기금으로는 가장 많았을 것이다. 지금은 기금이 몇 억으로 늘어났다고 한다. 청소년 전공 관련 학과가 우리나라 대학에는 없었다. 학회 창설 후 대학에 청소년 전공 학과를 명지대학교에 개설했고 4년제 대학과 전문대학으로 파급되어 전공 학생이 늘어났다. 지금은 많은 대학과 대학원에 청소년학 전공 학생들을 가르치는 교수들도 많이 생겨났다. 『사회교육 및 청소년 프로그램 편람』, 『청소년 교육 개론서』 등을 시작으로 청소년 분야 책을 20여 권 집필했다.

• 대학 평가위원

처음에는 내 아이디어에 의해 만들어진 개방대학에서 평가위원 일을 시작했다. 그리고 자연스럽게 전문대학, 교대, 4년제 대학 평가위원을 하게 되었다. 이 평가위원 활동을 통해 한국 대학의 이모저모를 샅샅이 알게 되었다. 내가 평가한 분야는 학생지도 분야였다. 평가위원을 하면서 전국 지역 도시들을 많이 볼 수 있었다. 독일에서 대학을 다녀 한국의 대학문화를 잘 모르는 나에게는 아주 좋은 기회였다.

• 한국파독광부간호사간호조무사연합회 부회장과 파독근로자기념관장

1990년 초 몇몇 동료들과 함께 한국파독광부간호사간호조무사연합회를 조직했다. 처음 10여 명으로 시작한 것이 지금은 1,500명 가까운 회원으로 늘어났다. 이 법인체는 고인이 된 김태우 회장과 내가 의기투합하여 만들어졌다. 법인체를 구성한 이유는, 후세들에게 "왜 우리가 파독 근로자로 가야만 했던가" 하는 이유를 알려주는 산교육장으로 삼고자 한 때문이다. 기념관은 대한민국 정부의 지원을 받아 지어졌다. 전 세계 파독 광부, 간호사 회원들에게 취지문을 보내 각종 유물을 수집하였는데, 이때 수집한 것을 파독근로자기념관과 한국역사박물관, 남해 독일마을에 골고루 분산하여 현재 교육장으로 운영하고 있다. 독일 정부와 주한 독일대사의 도움이 없었으면 불가능한 일이었

다. 이 내용은 김태우 회장 소개에서 자세히 했다.

• 대통령 산하 민주평화통일자문위원

내가 지역 민주평통 자문위원은 여러 번 되었지만 거의 참여하지는 못했다. 중앙위원으로 추천되어 체육청소년 분과위원장을 맡게 된 뒤에는 관심을 많이 가졌다. 어떻게 중앙 대의원이 되었는지는 알 수 없었으나 나중에 들은 이야기인데 김성재 청와대 민정수석과 이재정 부위원장의 추천이 있었다고 한다. 김성재 장관은 내가 청소년정책개발원장을 지원했을 때도 아무도 의지하고 부탁할 사람이 없어서 만나 대화한 일이 있다. 마음속으로 고마운 마음을 간직하고 살고 있다.

중앙위원은 각 지역 대표들로 구성되어 있어서 활동 자체도 흥미로웠지만 친목과 대인관계 형성에도 크게 도움이 되었다. 특히 지연, 인맥, 학연이 없는 나에게는 아주 좋은 기회여서 4년간 열심히 일했다. 그때 같이 활동한 부산의 백외숙 박사는 지금도 ADRF 지회장도 하고 홍보대사로 활동하기도 한다.

백외숙 박사, 항상 변함없는 친절과 성원에 감사합니다.

• 대통령 새교육공동체 위원, 청소년보호위원회 위원

김대중 대통령 임기 중에 새교육공동체 자문위원을 구성하여 운영했다. 쟁쟁한 인물들이 대거 참여했는데, 나는 특히 청소년 분야와 독일 교육제도를 통한 자문에 이바지했다. 독일 직업교육과 마이스터(Meister) 교육제도를 소개하고 전국의 대안학교 조사 등도 활발히 했다.

청소년 보호위원도 사회적 지명도가 있는 지인들이 위원으로 위촉되었다. 한국에 청소년정책을 해왔던 대표들이나 기관장들이 위원으로 위촉되었다. 현재 청소년 원로모임은 여기에서 출발했다고 볼 수 있다.

• 한국청소년정책개발원장

청소년 관련 기관장으로는 최고의 지위로 차관급 예우를 받는 자리다. 노조가 있어 원장 임무를 수행하는 데 어려운 점이 있었지만, 청소년 정책 연구를 소신 있게 할 수 있는 자리였다. 지금 봉사단체 활동을 하는 데에도 원장 경력이 많이 도움이 되고, 어디서나 이 경력을 높이 평가해주고 있다. 개발원에서 했던 일 가운데 우리나라 최초로 『청소년 이론과 실제』 서적 10권과 『청소년학 용어집』을 발간한 점을 자랑하고 싶다. 원장이기에 전국 방방곡곡에 강의도 많이 했다. 나를 데리고 전국을 같이 다닌 진인장 기사님에게 고생 많이 했다고 말해주고 싶다. 감사합니다.

• 간행물윤리위원, 유네스코교육위원, KBS 객원위원

위의 세 위원도 명예직으로 흥미롭게 활동했다.

• 서울시청소년상담센터 소장

문상주 회장이 총재직을 맡고 있는 서울시청소년육성회 산하에 청소년수련관과 서울시청소년상담센터가 설치되어 있었는데 나를 센터소장으로 위촉했다. 직원 20여 명과 같이 2년간 신나게 업무를 수행했다. 서울에 청소년지원센터를 개설한 것이 모델이 되어 전국으로 확대되었다. 소장으로 재직 당시 상담을 해줬던 청소년들이 바르게 자라서 이제는 청소년 상담 공부를 하며 활동 중이다.

• 한국국제문화친선협회 고문

한국에 귀국하여 아무런 기반이 없어 어떤 모임에도 잘 가지 않았다. 그러던 차에 문상주 회장이 조직한 한국국제문화친선협회에 1년에 5~6회 참석하게 되었다. 이 모임은 여러 직종에서 일하는 사람들이 모인 친목단체였다. 초창기에는 다른 사람들과의 관계가 어색했는데 지금은 많이 좋아졌다. 그래서 즐겁게 모임에 나가고 있다.

> 1980년에 만나서 지금까지 변함없는 인연을 지속해오고 있습니다. 내가 한국 사회에 적응하는 데 큰 도움을 주었고, 학원연합회에 특강할 수 있는 기회를 많이 주어서 감사해요. 경제적으로도 많이 도움이 되었습니다. 참으로 열심히 사시는 문상주 회장님 존경합니다. 그리고 부디 건강하시고 더욱더

성공하세요. 항상 변함없는 형제애에 감사합니다. 귀중한 자리에도 자주 초대해주어 이 기회에 감사하는 마음을 글로 표현합니다.

• 한국청소년연맹 자문교수와 한국청소년연구소장

한국에 국가 수준 청소년단체를 구상하여 창설하게 되었다. 독일에서 공부한 사람이 와서 히틀러 유겐트(Hitler Jugend)를 만들고 있다고 다른 청소년 단체들의 반발이 매우 심했다. 그러나 정부의 의지가 강하고 당시 총무처장관을 지냈던 김용휴 총재가 주도하여 한국청소년연맹이 창설되었다. 후에 이 단체 부설 한국청소년연구소를 설립하였는데, 훗날 현재의 한국청소년연구원 그리고 현대정책개발원으로 개칭된 모체이다.

• 충청대학교 이사

청소년운동을 같이한 충청대학교 심의보 교수와 이사장의 요청으로 이 대학의 이사가 되어 10여 년간 활발히 활동했다. 특히 한국교원대학교 인근이어서 참여하기에도 용이했다. 교원대 정년퇴임 후에도 계속 이사회에 참여했으며 충청대에서도 최선을 다해 예우해주었다. 아주 행복했다.

• 교육부정책자문위원과 청소년정책자문위원

가장 왕성한 활동을 했던 시기이다. 당시 이규호 장관의 전폭적인 지원이 있어서 가능했다. 내가 서울과 전국을 무대로 왕성하게 활동을 한 때이다. 교육부와 청소년체육부에서 10여 가지의 위원 활동을 했다.

• 한국청소년라보 이사장

청소년단체 라보 이사장으로 활동하면서 일본 출장을 자주 갔다. 다른 나라에서도 청소년 인솔 단장으로 많이 활동했다.

• 문경과 포천 대안학교 이사장

교원대에 있을 때부터 야간 학교를 운영했고, 고등학교 다닐 때도 농촌계몽운동을 많이 했기 때문에 항상 대안적 교육에 관한 관심이 많은 터라, 정년퇴임 하고 대안학교 운영에 대한 꿈을 가지고 있었다. 마침 제자 중 한 명이 문경에 대안학교를 운영하여 이사장으로 참여한 일이 있다. 그리고 포천에 한 지인이 대안학교를 운영해서 교장으로도 일하며 도와주었다.

• 체육청소년부 정책자문위원

이 분야 전공자가 많이 없어서 당시 체육청소년부 자문위원으로 오랫동안 활동했다. 특히 활동기간에 『청소년백서와 청소년 이해』라는 미국 책을 번역한 것이 큰 성과라고 할 수 있다.

• KBS 객원해설위원

텔레비전과 라디오에 많이 출연하다 보니 객원해설위원까지 하는 영광을 가졌다.

• 계몽사 자문위원과 연구소장

계몽사 자문위원 활동으로 다른 어느 때보다도 많은 일을 해왔다. 계몽아동연구소도 만들어 소장직도 겸했다.

• 서울시교육청 교육상 심사위원

서울시교육청 심사위원을 3년 동안 했다.

• 서울시청소년 부위원장

서울시청소년 부위원장을 하면서 5년간 어린이날 KBS 생중계하는 방송에서 5월 어린이상을 수여했다. 매우 영광스러운 활동이었다.

• 바른댓글 자문위원

가장 최근 ADRF 홍보대사를 통해 이 단체에 참여하게 되었는데, 설립자의 정신이 너무 훌륭해서 열심히 참여하고 싶다.

• 2017년의 ADRF 글로벌 꿈 교육포럼 구상

2017년! 78세의 인생이 시작되었다. 앞으로 살아가는 동안 나는 사회를 위해 무슨 일을 해야 하는지를 고민했다. 지금까지 걸어온 50년의 긴 교육자의 길! 참으로 행복했고 모두에게 감사한다. 가난을 벗어나고자 독일 광부를 택했고 배움의 열망으로 주탄야독(晝炭夜讀)하여 박사가 되어 귀국 후 교수가 되었다. 그간의 모든 경험과 지식을 활용하여 국가와 사회의 발전은 물론 교육으로부터 소외되고 있는 국내외 열악한 어린이들에게 큰 꿈을 꾸게 하는 교육의 디딤돌이 되기를 희망한다.

나는 현재 아프리카아시아난민교육후원회(ADRF)의 회장으로 봉사하고 있기에 이 단체를 근간으로 본 포럼을 기획하고 전개하면서 점차 회원들과의 협의를 통해 더 나은 방향으로 나아가려고 한다. (출발은 우리 단체 홍보대사로부터 하려고 한다.) 이에 본 취지에 동감하고 의욕이 있으신 분들이라면 누구나 함께하고 싶다. 금년 상반기까지 구체적인 운영방안의 틀이 완성되면 바로 즐겁고 열정적인 활동들이 시작될 것이다.

|후기| 나눔이 인생과 미래를 바꾼다

저는 영화 '국제시장'의 실제 모델이며 소설 『글뤽 아우프, 독일로 간 광부』 속의 주인공인 파독광부 출신입니다. 빈농 가정에서 태어나 초근목피로 연명했고, 초등학교 이후 고학으로 공부하여 교육학 박사학위를 받기까지 역경을 헤치며 살았습니다. 그래서 누구보다 어려운 환경에 있는 사람들의 설움과 아픔을 잘 이해합니다. 그리하여 일상생활에서 나눔과 봉사를 습관처럼 실천하며 살고자 노력했으며, 앞으로의 여생도 사람과 사회를 위한 사랑과 봉사, 나눔의 실천으로 살고자 합니다.

우리는 일생을 살아가며 다양하고 많은 여행을 합니다. 김수환 추기경이 최인호 작가와의 대담에서 '수많은 여행 중 가장 어렵고 긴 여행은 머리에서 가슴으로 가는 여행'이라고 말씀하셨습니다. 머리로는 많은 생각을 하며 모든 걸 다 나누며 살고 싶지만 생각하는 정신이 가슴까지 내려와서 실천하기는 쉽지 않다는 뜻입니다.

인류가 평화롭고 행복한 삶을 살아가기 위해서는 풀어야 할 과제가 많이 있겠지만, 그중 다음 두 가지가 중요하다고 생각합니다. 첫째는 여유 있는 삶을 살아가는 사람들이 일상생활 속에서 나눔을 실천하는 것이고, 둘째는 형편이 어려워 학교에 못 다니는 어린이들에게 공부할 기회를 제공해주는 것입니다.

지구상의 어느 나라도 이 두 가지가 확실하게 실현되는 곳은 없습니다만 이를 해결할 수 있는 답은 바로 '나눔'이 아닐까 생각합니다. 이러한 나눔이나 베품, 봉사는 타고난 것이 아닌 교육의 힘을 통해 길러지기도 합니다. 생각을 가슴으로 실천하는 정신이 필요하며 어린이든 어른이든 삶 속에서 나눔과 베품, 봉사를 실천하는 습관을 생활화하여야 합니다. 국내외 여러 나라들의 교육 목표는 매우 다양하지만, 최근 가장 강조되는 분야가 바로 '나눔과 봉사'의 인성 덕목입니다.

이러한 이유에서 독일이나 유대인들은 학생들에게 나눔을 통한 이타심과 봉사정신이 긍정적으로 형성되어 가정과 사회에 자연스럽게 뿌리내리도록 교육하고 있습니다. 우리나라도 늦은 감은 있지만 사회 및 교육의 각 분야에서 이에 대한 관심이 높아졌고, 앞으로 가정, 학교, 사회, 기업에서 기부문화가 정착되어 빈곤아동과 청소년들이 소외의 터널에서 벗어날 수 있으리라 기대합니다.

과거에는 스펙을 쌓는 데 중요한 분야가 학력, 학교, 학위, 성적, 외국어 연수, 상장, 입상 중심이었다면, 지금은 중고등학교, 대학교 그리고 직장에서까지 사회 참여와 나눔을 더 중시하는 사회가 되었습니다. 한 사람을 평가하는 데 인간 됨됨이와 인성 평가 중 특히 나눔, 베풂, 봉사를 본다는 의미입니다.

그래서 과거 행복가치 기준이 물질, 권력, 지위였다면 지금은 나눔, 봉사, 배려로 바뀌었고 국내외 모든 지식인들 역시 이를 강조하고 있습니다. 세계적인 재벌가 중국의 마윈이나 미국의 빌 게이츠도 강조하고 있습니다. "나는 돈이 많지만 행복하지 않다. 부자라는 것은 골치 아픈 일이다. 자선재단을 세워 사회에 나누어주는 것이 현재의 가장 큰 행복이다"라며 부자들이 안고 있는 고뇌와, 인간이 누릴 수 있는 진정한 행복의 의미와 가치에 대해 언급했습니다.

이렇듯 우리 삶의 진정한 행복은 물질이 아닌 내가 가진 것을 다른 이들과 나눔으로써 가슴으로 채워지는 심리적 만족감이라 할 수 있을 것입니다. 사랑이란 받는 사람보다 나누는 사람이 더 행복하며, 때로 그 사랑은 언젠가 몇 배의 더 큰 행복으로 내게 다시 되돌아오는 부메랑 효과가 있다고 합니다. 이렇듯 우리 삶의 행복 요소인 사랑, 나눔, 봉사와 기부문화는 우리 인간의 삶과 사회 속에 자연스럽게 정착되어야 할 것입니다. 그러기 위해서는 학교와 가정은 물론이요, 사회적 차원에서 사회적 기업들이 자발적으로 참여, 실천하는 솔선수범의 모습들이 필요하다고 생각합니다. 이는 기업을 발전시키는 숨어 있는 힘이 될 것이며, 우리 국민 모두가 행복하고, 아름다운 사회 및 국가 발전을 위한 밑거름이 될 것입니다.